孫の奈緒子を膝に（昭和 59 年 8 月）

茨城県立取手実科高女時代。
後列左が母（昭和 11 年）

娘時代の母
（昭和 15、6 年頃）

娘時代の母。友人たちと。後列左（昭和 15 年 8 月）

父・立澤孝夫。結婚の頃（昭和 17 年 11 月）

海老原君子。日本髪の正装で
（昭和 16 年頃）

母と高校時代の私（昭和 37 年）

母と弟（昭和 29 年頃）
江戸川の堤防で

母の実家、海老原家（昭和 28 年頃）
前列左から私、弟、五人目祖母　八人目従兄秀行
後列左、伯父七郎次、四人目伯母たか子　六人目父　七人目母

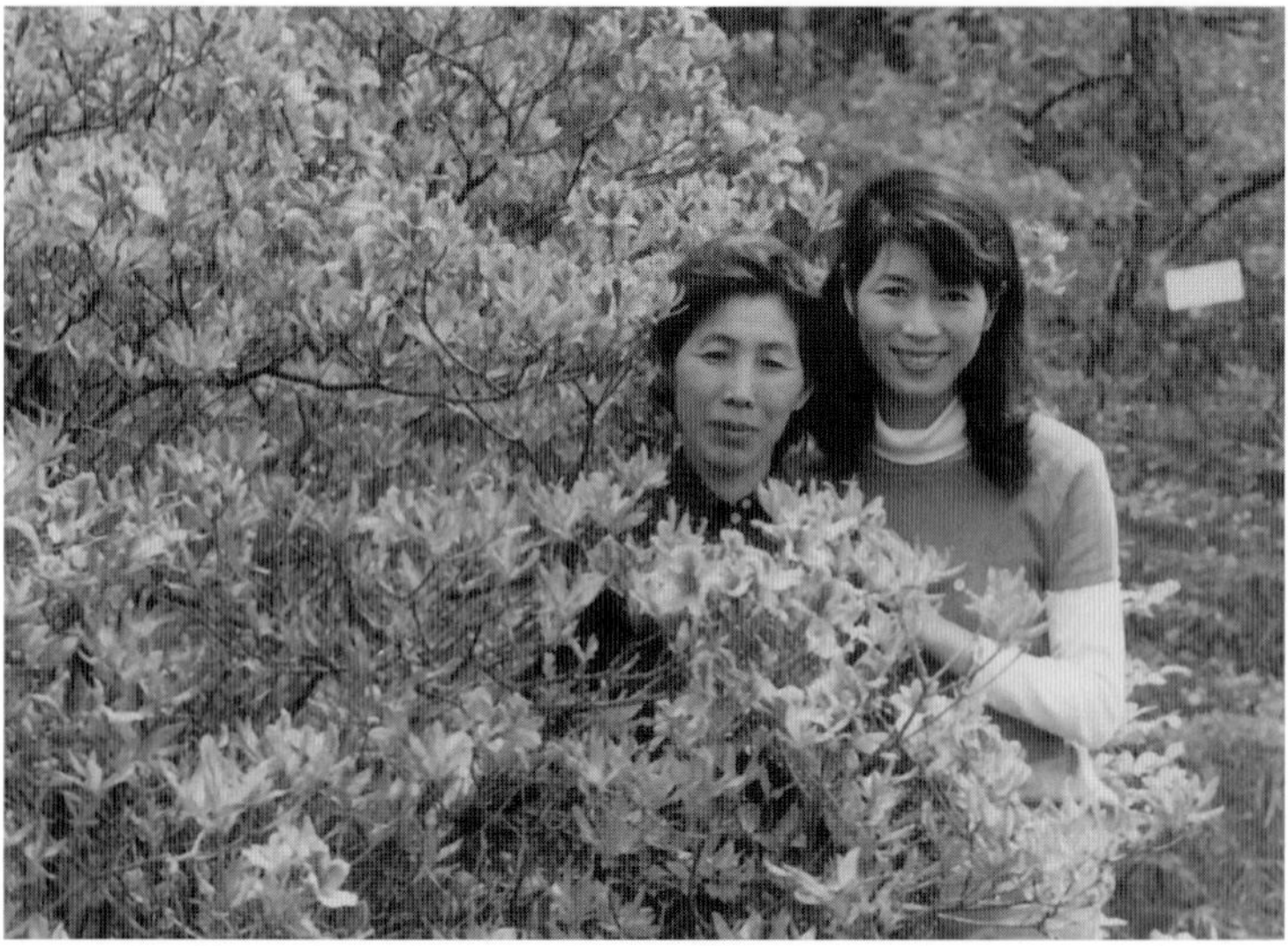

清里高原・美しの森。レンゲツツジの横で母と私（昭和 50 年 6 月）

八ヶ岳山麓・小海線野辺山にて（昭和 50 年 6 月）

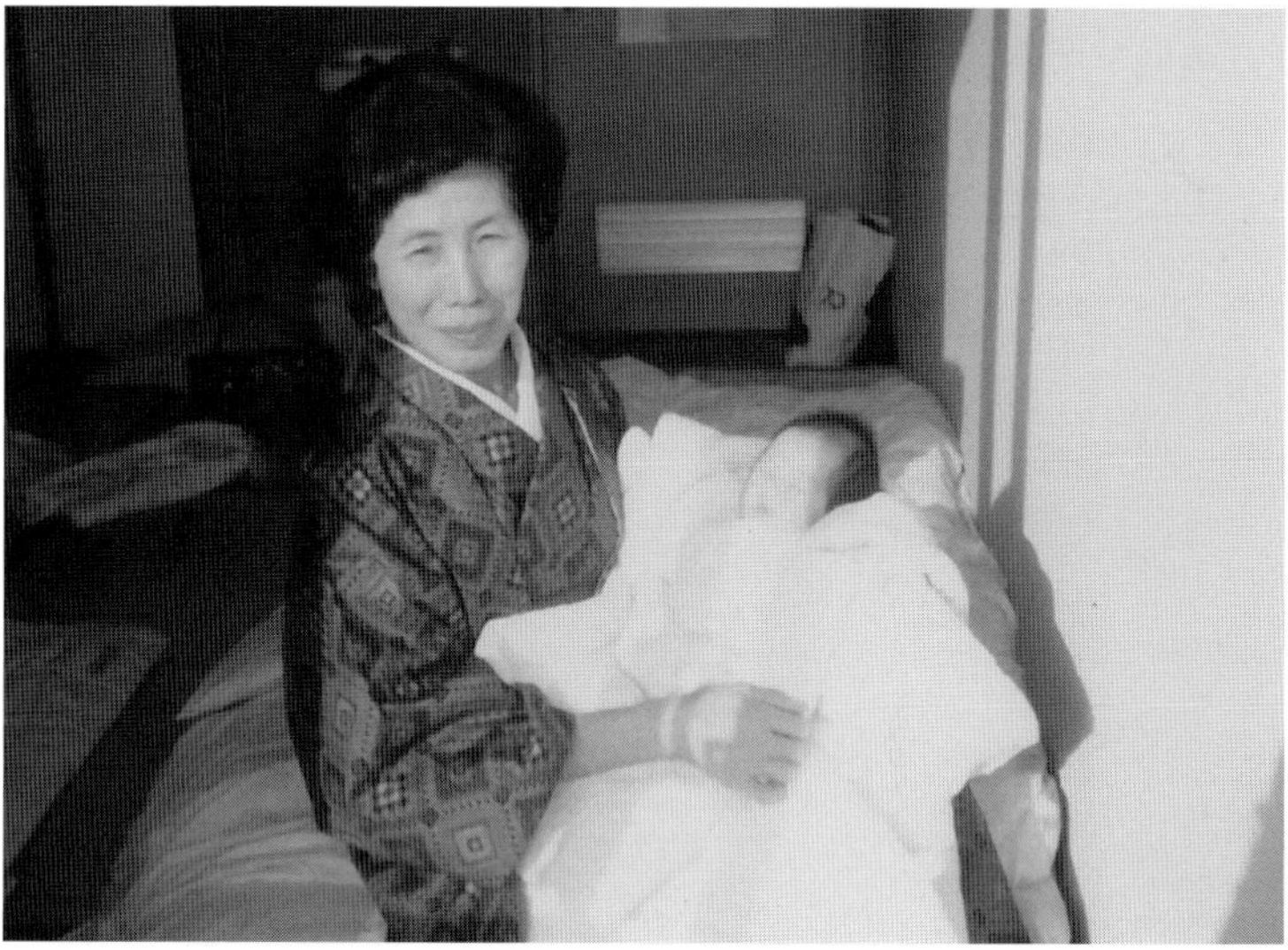

名古屋の病院で奈緒子を抱く母（昭和 58 年 1 月）

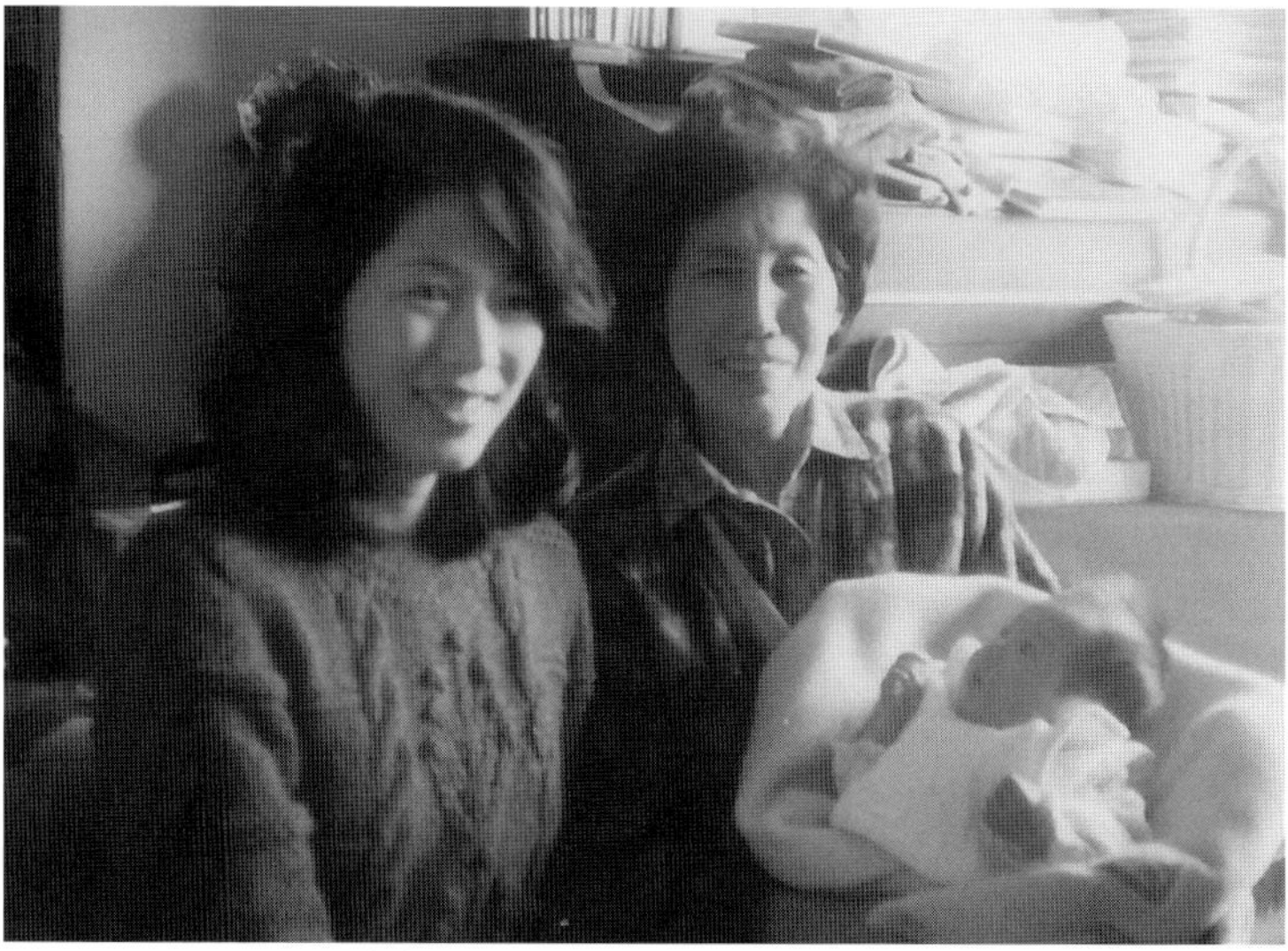

名古屋の社宅にて（昭和 58 年 1 月）

雛祭り。浦和の私の家にて（昭和 60 年 3 月）

浦和の私の家を訪れた父母（昭和 60 年 8 月）

秋海棠の花はうす紅《くれな》い

俳句を愛した母の思い出

久保敏子

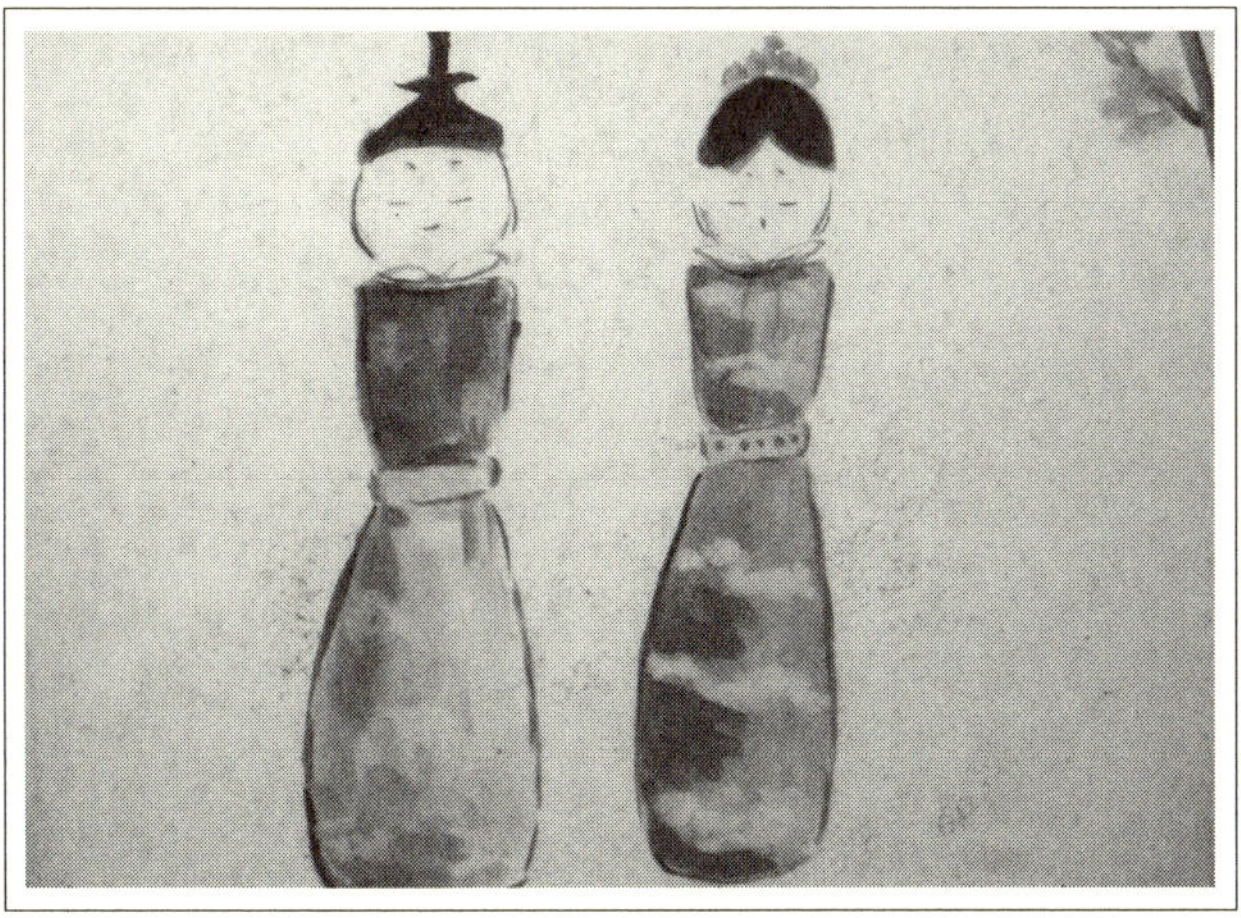

文芸社

まえがき

この本はもともと私が昭和六十三年六月に自費出版したものですが、その動機は私の母が昭和六十一年七月に結腸癌の手術後、半年間の苦しい闘病生活の末に亡くなっていったことと、その間つけていた闘病日記、そして最後の命を俳句作りに懸けていた、そんな姿をなんとか本にして残せないものだろうか、との思いから出発しています。

当初はこの本が新聞に取り上げられたり週刊誌に掲載されたりとかなりの反響を呼びましたが、その後、十年、二十年と経つうちにその存在感も次第に影を潜めていき、最近では全く忘れ去られたかのようにひっそりと静かに本棚に眠っているだけでした。

しかし、ふとしたことがきっかけで文芸社の方の目にとまり、加筆・修正して再び出版することとなったのです。

私にとっては青天の霹靂でしたが、これも何かの縁なのでしょう。

しかし、今度は私家本とは違い、実際にその本が店頭に並べられ、販売されて、直に皆様の目に触れることになります。私の社会的責任は非常に重いと感じました。しっかりと襟を正し、緊張し、神経を行き届かせて、皆様のご期待に添えるような形に仕上げていかなければならないと思っています。

そしてこの本を読むことにより、人の生き様、人の命の大切さ、人とのつながりや愛の深さというものを感じ取っていただき、生きる上で何らかの励ましや希望に繋っていただけるものになりましたら、幸いと存じます。

平成二十三年　一月二十四日

久保　敏子

秋海棠の花はうす紅い　もくじ

第一章　母の生いたち・娘時代・結婚

竹林の里

母の実家、海老原家は茨城県取手市郊外にあります。取手市も最近は都会化の波が押し寄せ、駅前には高層マンションが林立し、昔からある取手競輪の近くには中高一貫の大きな学校ができ、駅の東には東京藝術大学の校舎が建つなど、文教都市としての一面も見せ、東京方面への通勤圏の都市として大きな発展を遂げています。しかし、母の実家のほうは山林が多く、まだ所々に竹林も残っていて、今でも昔の面影をそのまま残しています。

私が小学生の頃、母と弟の三人でよくその実家を訪れました。当時は今のようにレジャー産業がほとんど発達しておらず、夏休み、春休みの「旅行先」といったら、母親の実家に行くくらいしかありませんでした。その当時、常磐線金町駅から取手駅までは、そう、四十分くらいかかったでしょうか。今は取手駅も前述のように都会化が進み、上野から常磐線快速で四十分ほど、金町から取手までは地下鉄千代田線乗り入れの常磐線の各駅停車で三十分ほどで行けるでしょう。ずいぶん便利になったものです。しかし、小学生の子供にとって四十分の電車の旅はかなり長く感じられ、我孫子を過ぎ、利根川の鉄橋にさしかかると胸がわくわくしてうれしくて仕方がありませんでした。

取手駅を降りると東口に出て、母は実家に行く前に私達をよく長禅寺というお寺に連れていってくれました。長い階段を一歩一歩上っていくと上に大きなお寺があり、そこの高台の松林の間からは、今、渡ってきた長い鉄橋が見えるのです。ほどなくすると電車が「ごうごう」と音を立てながら鉄橋を渡ってきます。この光景は私達にとってとても勇壮で頼もしいものに見え、思わず「ワッ」と歓声を上げていました。それは何十年も経た今でも、私にとって一服の清涼剤のように爽やかな思い出となって蘇ってきます。

なぜ母は小学生の私達を長禅寺まで連れていって利根川の鉄橋を見せたのでしょう。それはたぶん、母がこの近くの女学校に通っていた頃、よくこの長い階段を上って松林に行き、そこのベンチに座って読書などをしながら鉄橋を渡る電車を見る習慣があったからでしょう。それが大変気分の良いものだったから、子供達にも見せてあげようという気になったのかもしれません。

その風景を見たあと、私達は長禅寺の階段を下りていったん駅に戻り、西口に出て今度は守谷行きのバスに乗って母の実家に向かいます。二十分くらいの所にあるバス停で降り、家々が点在する山道を十分ほど歩いて観音堂を過ぎると、左手に大きな竹林が広がってきます。やがて右手に樹木に囲まれた大きな屋敷が見えてきて、それが母の実家です。

道路脇から長いゆるやかな坂道を上っていくと、左手に茅葺《かやぶ》きの母屋が見え、その奥に小さな土手を持つ築山があります。この母の実家を、私達は「稲村の家」と呼んでいました。それはたぶんその家が取手市稲という所にあったからでしょう。早春の頃になると、築山の傍では古木の白梅がこぼれるように咲き、春たけなわの頃には赤紫色の大きな木蓮が土手を飾ります。その築山を臨む部屋は書院造り風で、違い棚があり、美しい汐汲み人形が飾ってあって、私は「なんてきれいな部屋なのだろう」と思いました。

また、広い庭の中には蔵が三つもあり、前庭には大きな柿の木が立っていて、毎年たくさんの実をつけました。その南側には牛小屋があり、豚や鶏も飼っていました。鶏小屋には「青大将」と呼ばれる大きな蛇がよく卵を盗みにやってきて、卵を呑み込んでは木に巻きついてこなすということでした。それである日、なんとか退治しようということになり、陶製の卵を小屋の中に置いたそうです。すると蛇がやってきてそれを呑み込み、木に巻きついてこなそうとしますが、硬い陶製の卵は一向に潰れません。苦しんでいる蛇をなんとかせねばと、ちょうど居合わせた植木屋さんが鋏で真っ二つに割ってしまったとのこと。折しも激しい稲光りの中、二つに切り取られた蛇の胴体は悶え苦しみ、どんなにか凄絶なものと映ったことでしょうか。残酷な話ではありますが、そうでもしなければ鶏や卵を守ることができなかったのでしょう。

その鶏小屋の北側にはかなり深い古井戸がありました。そこから地下水を汲み上げ、飲料水にも使っていましたが、かなり冷たいのでスイカを冷やすのにも使われました。しかし、炊事用には主に水道水を使っていたと思います。この屋敷全体は二千坪くらいはあったでしょうか。農家ですから、このくらいの広さは当然でしょうが、周りには孟宗竹の竹藪があり、向こうにも屋敷所有の竹林があり、その下に田んぼが広がっていて、「竹林の里」という感じです。かつてはこの家は「御前の家」と呼ばれ、村の名主も務めていたようですから、それなりに大きな農家だったのでしょう。

この母屋から西のほうに五、六分歩いた所に海老原家の墓地があり、その下の坂道を「富士残し」と言いました。野良仕事が終わって坂道を上り、やれやれと振り返ると西のほうに富士山が見えたからそう呼んだのでしょう。今より空気も澄んでいてビルなどの障害物もなかったので、富士山はくっきりと美しく見えたことでしょう。良い名前だと思います。

しかし、その田んぼにはよく蝮《まむし》や蛭《ひる》が出て、畦道《あぜみち》を歩くと蝮が噛みついてきて、素早く噛まれた箇所の血を吸い取って病院に行かないと毒が全身に回って命にも危険が及ぶということでした。そして長時間、水田に浸かっていると、脚に黒い蛭がべったりと付き、血を吸って蛭が恐ろしいほどに大きく膨らむということでした。自然が多くある分、危険な動物も多かったと言えるでしょう。

けれど、美しい可憐な花々も多く咲きました。まだ寒さの残る早春の頃は、枯木の間に白い辛夷《こぶし》の花が咲いて春を告げ、坂道の下のほうには紅色の椿も咲きました。もっと山の中に分け入っていくと春蘭が薄緑色の花をひっそりと咲かせていて、従姉妹達とその花を摘んでは「ジジババ」と呼んで遊んだものです。なぜジジババと言うのかというと、それは一つの花の中に爺と婆が一緒に棲んでいるように見えるからで、花びらを爺、中の芯を婆と見立てたか、そんな意味合いだったと思います。

墓地の近くには美しく濃い土色の畑が広がっていました。当時は大きなトマトが枝もたわわに実り、辺り一面に青臭い匂いを放っていました。じかにそれをかじると、なんとも言えない大地の香りが体の中に浸み渡っていきます。近くの山ではひぐらしの大合唱が始まり、「カナカナ」とこちらで鳴くと向こうの山全体も呼応して「カナカナ」と鳴きます。

昼の土手は暑く、草いきれがし、可憐な河原撫子《かわらなでしこ》や捩花《ねじばな》がピンクの花を咲かせ、キリギリスが「ジージー」と鳴き、広大な葦原の向こうには利根川が悠々と流れていました。また、小高い山の中腹には大きな山百合の花がたくさん咲いていました。その山の向こうの河川敷も母の実家所有の土地だったと思うのですが、いつしか大手のゴルフ場に売却されました。今はそのゴルフ場の中を「常総ふれあい道路」が水海道市（現在は石下町と合併して常総市）のほうまで延びています。ずいぶん快適になりましたが、今も昔も緑豊かな自然が広がっているのは変わらない風景でしょうか。

母は大正八年六月二十三日、海老原省吾、とき夫妻の三女として生まれました。上に兄が一人と姉が二人います。兄は七郎次という先祖代々伝わる名前で、この兄の代で海老原家は十五代目を数えます。兄は水戸の旧制中学（今の水戸一高）を卒業し、しばらくその地で教員をしていたようですが、何年かして実家に戻り、農業を継ぎました。どちらかというと寡黙で必要以外のことはあまりしゃべらず、ですから厳格でどこか怖いような雰囲気もありました。家庭的には二男四女に恵まれ、長年にわたり大きな農家を支え続け、昭和六十二年に八十三歳で亡くなりました。

海老原家と将門伝説

昭和五十一年のＮＨＫ大河ドラマ「風と雲と虹と」が放映されていた頃、この兄が取手市米ノ井にある海老原家の菩提寺、天台宗龍禅寺を訪れて、「お坊さんが過去帳を見せてくれたので、海老原家の系図を書いてきた」と家族に一枚のメモを見せました。たまたま実家を訪れていた私の母も興味を持ってそれを書き写して我が家に持ち帰りました。すると、「海老原系圓記姓平氏海老原」と書き入れた海老原家の系図の中に平将門がおられたのです！　将門が？　なぜ？　私は我が目を疑いました。今まで何度も母の実家を訪れていますが、将門と海老原家の関係の話など一度も聞いたことはありません。それが突然、降って湧いたように、どうしたことなのでしょう？　大河ドラマで「将門」がブームになっているから、それに便乗したミーハー的なでっち上げではないか？　そう思いました。

系図というものは、そもそも出世に都合の良いように金で買い取ることもありましたし、今では系図屋さんに頼むと何代か水増しして歴史上の有名な人物を入れて、必ず桓武平氏か清和源氏にまでさかのぼれるものを書いてくれると言います。しかし、海老原家の系図の中に将門の名前が出てくるのはまんざら嘘でもなさそう……。確かに母の実家の近辺には将門にまつわるゆかりの地が多く、龍禅寺の三仏堂も「下総国旧事考」によると将門が創建したものと言われており、実際に将門が戦勝祈願のためよく訪れたということです。また、産湯塚は取手市寺原の犬養家出身の将門の母が出産で戻り、将門に産湯をつかわせた所との伝えがありますし、海老原家近くの八幡様は将門の母がよくお参りに訪れた所であり、桔梗塚は将門の愛妾の桔梗が行き倒れた所であるとか、結構ゆかりの史跡が多く、大河ドラマで将門の人気が出ていた頃は、将門ゆかりの地を訪ねる観光バスツアーが組まれ、東京方面から大勢の人々が訪れたと聞きます。では、海老原家と将門の関係をどう解明したらよいのでしょう？

まず、母の兄の「七郎次」という名前がちょっと面白く、歴史的継承性を感じさせるものがあります。海老原家の確かな初代は正則淡路で、大坂夏の陣の終わった翌年の元和《げんな》二年（一六一六年）に没しています。その後、七代、九代、十一代、十二代に「七郎次」という名前が現れ、十五代の伯父が「七郎次」の名を継ぎました。十代の胤行《たねゆき》は天保三年没（一八三二年）でその後、江戸時代は一八六七年の大政奉還までの三十五年間に実に天保から弘化・嘉永・安政・万延・文久・元治・慶応と短期間で七回も年号が変わっています。十二代の胤禄七郎次の代で一応系図は終わり、そこに「明治元辰十二月五日延暦元ヨリ慶応三迄凡二千二百十三年ナリ」と記されています。ここに一つ問題点があります。延暦元＝西暦七八二年、慶応三＝西暦一八六七年で、この間の年代差は千八十五年分ですが、海老原家の系図では二千二百十三年となっていて、ここに千百二十八年分のズレがあります。この二千二百十三年という数字はどこから来たのか分かりませんが、現状を採用したいと思います。次の十三代海老原欽次郎は大正十二年没ですから、明治年間の海老原家の系図はなく、この間、少なくとも二世代分くらい抜けているのではないかと思われます。しかし私は海老原家の人間ではないので系図通り、母の父の海老原省吾を十四代・母の兄の海老原七郎次を十五代と考えたいと思います。

さて、調べてみると「海老原」という姓は、初代・正則淡路より以前の室町時代に既に存在していて、寛正《かんしょう》三年（一四六二年）に海老原出羽守行朝常陸国海老ヶ嶋城主が獅子戸入道の夜攻に遭い、海老ヶ嶋で自戒し、同年、海老原太郎左京が十二歳で流浪し、二十五歳の時、下総国相馬郡稲村字御前住とあり、海老原家が「御前の家」と呼ばれたのに符合します。さらにさかのぼって建武《けんむ》三年（一三三六年）、常章蔵人丞が鎌倉討死とあり、これは前年の建武二年、足利尊氏が鎌倉で新田義貞を破った戦いとほぼ年号が一致し、関東武士団の中に海老原常章も交じっていて新田義貞軍と共に戦って討死したのではないかと考えられます。さらにさかのぼっていくと、八郎、五郎、十郎、次郎、小太郎と続き、ついに将門小太郎自号平親王に突き当たるのです。（しかし実際は将門は相馬小次郎と称しました）

私の将門研究は次第にエスカレートしていき、ついには茨城県出身の衆議院議員で農林大臣も務められた赤城宗徳様が将門研究の大家であることを知り、厚かましいとは思いましたが勇気を持ってお手紙でお聞きしてみることにしました。その結果、「このように詳しい系図は承知しておりませんが、信憑性のほどは私にも判断しかねます。私の著書『赤城宗徳と平将門』をご覧になり、参考になさってください」というご返事をいただきました。赤城様は平成五年に亡くなられましたが、一介の主婦に過ぎない私に丁寧なご返事をくださったことに今でも感謝申し上げている次第です。

海老原家と将門伝説、将門は西暦九四〇年（天慶三年）藤原秀郷、平貞盛に討たれ戦死し、その妻子も捕らえられ殺害されたと思いますので、子孫はここで絶えたかと思われますが、海老原家の系図では、将門の次代に将國次郎、頼望信田小太郎、常望信田小太郎、将長信田小太郎……と延々と続きます。室町時代には海老原姓が出現し、豊臣の終わり頃（安土桃山時代）に初代正則が確かな海老原家の祖となり、江戸末期の十二代胤禄七郎次の代まで系図の記載があります。その後十三代、十四代、十五代の七郎次、十六代の秀行と続きます。私が昭和六十三年一月、海老原家を訪ね、秀行氏（私の従兄）に伺ったところでは、将門の血を引くとは断定できないが、将門の弟たちの亜流でもあろうかと話されておりました。いったいどこまでが真実なのか、突きつめていくと興味が尽きないのですが、本書ではそれは中断することにして、次に海老原家の祖父や祖母、それに母の姉達についてお話を進めたいと思います。

祖父、祖母、二人の伯母

母の父である海老原省吾は、私の生まれる以前の昭和十八年九月に亡くなっていますので全く面識はありませんが、写真で見る限りでは、端整な面差しのなかなかの好男子だったと思われます。

仕事は農業や養蚕が主でした。昔は農家では養蚕を行う所が多く、桑の木を栽培し、その葉を蔵の二階に敷きつめて、白い蚕をたくさん飼いました。蚕が桑の葉を食べ続けて成長し、繭を形成すると、その繭を茹で、中から一本一本、細い糸を繰り出していきます。そこから紡ぎ出された糸を撚って絹糸にし、女達は地機《じばた》で紬などの絹織物を織りました。それは生糸で織られた絹織物のような滑らかな細かさはありませんが、素朴で丈夫な普段着やどてらの生地になり、ずいぶん日常着に役立ったと思います。祖母も地機を使って織物をよくしていたようで、その光景はよく母の俳句の中に出てきます。

菊の手入れをする祖父海老原省吾（昭和10年頃）

二つ紹介してみましょう。

白芙蓉母のつむぎし糸車
石蕗《つわぶき》の花亡母織りたる黄の紬

ある日、祖父は桑の枝を切っていた時に誤って鋏で中指の第一関節を切り落としてしまいました。だいぶ慌てたと思いますが、たくさんの桑の葉の中から指を拾い上げ、急いで病院へ持っていって縫いつないでもらうと、幸いくっつき、次第に治癒していったとのことです。

そんな祖父の性格は、総じて優しく穏やかな人だったような気がします。私の母のことは特に末娘として可愛がっていたようで、子供の頃は取手の花火大会によく連れていってくれたり、娘時代になると東京の鶯谷か白金の親戚の所に一緒に出かけ、その帰りには浅草見物に立ち寄り、その時に買ってもらったという真珠の指輪を、母は大切に持っていました。その指輪は今、私が譲り受けていますが、ケースの内側には〝浅草雷門二丁目「玉賞堂商店」〟と記された文字が見え、懐かしき古き良き時代の逸品と感じさせるものです。その店は今もあるでしょうか？　浅草仲見世通りを歩く祖父は、きりっとオシャレをしてダンディな男振りを発揮し、その隣を銘仙の着物に華やかな椿の総柄の羽織か何かを着て嬉しそうについていく娘時代の母……そんな幸せそうな父と娘の光景が目に浮かびます。

祖父は元来、よく酒を嗜《たしな》み、一方では胃弱で年中、胃病を患っていて、食事は米食より胃に負担のかからないパン食を好んだと聞きます。しかし胃病はなかなか治らず、そのために断食したり、四国巡礼に出かけたりと、いろいろ工夫したようです。晩年は胃潰瘍が益々悪化して、ついにある日、スイカを食べたあと突然大吐血をして亡くなったそうです。母はその時の様子を私によく語って聞かせました。

「おじいちゃんは亡くなる時、洗面器一杯分もの血を吐いて亡くなっていったのよ。すごかったわ。あれは胃潰瘍ではなく実は胃癌だったのね」

その姿が四、五十年後の母に生き写しのような形で重なるとは、誰が予想したでしょうか……。祖父の妹も絶世の美人のようでしたが、土浦の女学校時代に結核により十代で亡くなったそうです。佳人薄命というのはこのような女性を指すのでしょう。兄妹揃って体質的に弱い部分があったのかもしれません。

また、この祖父は海老原家のルーツを調べたいと思い、系図の中に出てくる茨城県明野町の海老ヶ島城跡を訪ねたことがあると、母は話していました。しかし確かなことは分からずに帰って来たそうです。

さて一方、母の母、つまり祖母海老原ときは取手市の隣の藤代町の出身で、明治十五、六年頃生まれの女性にしては珍しく女学校を出ていてなかなかのインテリでした。頭が切れて、物識りで、ハイカラな面を持ち、姉様人形の絵を描くのが得意だったり、新聞を隅から隅まで読むのが好きな女性でした。

私達が遊びに行くと、いつも「よく来たな」と歓迎してくれて、一家総出でご馳走してくれました。こんな時の一番のご馳走は、飼っている鶏をつぶして料理したものです。当時の蛋白源といったらこんな鶏肉しかなかったのだと思います。

そして、夜になると祖母は決まって、「トッコちゃん（私のことです）、今晩おばあちゃんと寝ないかい？」と誘ってくるのですが、私はいつも「嫌よ」と言って逃げてしまい、母と弟の寝る布団にくっついて寝るのでした。そんな時、祖母は「せっかく言うのに、なんていう子だろうね。でも仕方がないね。トッコちゃんはお母さん子なんだからね」と言って諦め、ドロップの入った缶を私にくれました。なぜ私は素直に祖母と一緒に寝なかったのでしょう？　今思い出してもその理由がわかりませんが、恥ずかしかったのでしょうか？　でも本当は、祖母のことは大好きだったのです。ちょっと訛りのあるくぐもった声が、どこか懐かしさを感じさせました。

私達が帰る時は、いつも十分くらいの山道を歩いて送ってくれて、土埃を上げてバスが山道を上ってくると、「また来てな」と言って、私達の乗ったバスが見えなくなるまでずっと手を振ってくれていました。この頃のバスは、まだ前の鼻の部分が長く出っぱっているもので、走り方も大変のろいものでしたが、それですら貴重な交通機関。まさに「田舎のバス」という感じです。

祖母の包み込んでくれるような優しさは「また遊びに行きたい」と思わせるものがありましたので、私が小学校六年生の頃までは毎年のように訪れました。しかし、その後大人になるにつれ、行く回数は減っていきました。この祖母は、私が二十二、三歳頃、生涯大病をすることもなく八十六歳でこの世を去りました。

次に海老原家の三姉妹ですが、彼女達は父が美男だったせいか三人揃って美人でした。長女・多賀《たか》子、次女・操《みさお》(のちに永子と改名)、三女・君子(私の母)は、小さい頃から栗の実一つ分けるのにも「たか・みさ・きみ」と言って分け合って育ったそうですが、上の二人の姉は年が二歳しか離れておらず、お互いに気性が激しかったせいかよく喧嘩をしていたそうで、そんな時、仲裁に入ったのが末妹の母だったらしいのです。伯父の嫁の伯母は、母が亡くなった時に、「君子さんが一番、性格が優しかったわね」と言っていました。

三人とも地元の尋常小学校卒業後、茨城県立取手実科高等女学校に入学しました。この女学校は戦後は男女共学の取手第二高校となり、昭和五十九年の夏の全国高等学校野球選手権大会で木内監督の下、思いがけずも全国優勝しています。

長姉は丸顔の可愛らしい顔立ちで(これは祖母譲りかもしれません)しっかり者で社交的。守谷市旧家の高校教師に嫁ぎ、二男二女に恵まれました。和裁の腕が優れており、自宅の広い庭の中に和裁学院を設立して、一時は二十から三十人ほどの生徒を寄宿生として預かって和裁を教えていました。その人扱いの上手いチャーミングな美貌は多くの人の心を捉え、ついには数多くの百貨店呉服部の縫製の注文を一手に引き受けるようになり、和裁学院を繁昌させていきました。平成十八年に九十三歳で亡くなったあとは息子夫婦が後を継いでいます。

私の娘時代に、この伯母はたくさんの見合い話を持ってきてくれました。一流大学卒で大手建設会社勤務の男性との見合い話は向こうでは気に入ってくれたのにこちらで断ってしまい、大変申し訳ないことをしたと後悔しています。でも、これも縁というものなのでしょう。しかしこの姉と私の母はよく気が合い、母は時々、守谷の家に遊びに行ってはお気に入りの着物をもらってきたり、伯母が五木ひろしが好きなので一緒に浅草国際劇場に「五木ひろしショー」を見に行ったり、ずいぶん前ですが昭和四十五年の大阪万博も一緒に出かけていました（残念ながら、今はこの浅草国際劇場は無くなり、浅草ビューホテルになっています）。

二番目の姉は祖父の端整な容貌を最も受け継いだのか、西洋風で華やかな美貌の持ち主で、若い頃からオシャレに関しては人に一歩も譲らないようなところがありました。この時代、ある程度の良家の子女は結婚前、行儀見習いと称して侯爵か子爵の家に奉公にあがったようで、ある時、その家のご令嬢様とこの姉が連れ立って外出したら、姉はご令嬢様より美しく着飾っていたので彼女の機嫌を損ね、暇を出されてしまったと聞きます。姉はもともと美しいので、ちょっと良い着物を着ただけでも美しく映え、本物の侯爵のご令嬢様のように見えてしまい、本家本元のご令嬢様はひがんでしまったのでしょう。

このように優れた美貌の持ち主の次姉は、のちに築地の大きな蒲鉾問屋に嫁ぎました。この姉夫婦が新婚時代に熱海の海岸を散歩中、松林の中で撮った写真がありましたが、昔、それを母が見せてくれた時、私は二人がとても裕福で幸せそうな夫婦に見えました。店は当時は非常に羽振りが良く、「紀文」に次ぐほどの勢いがあったそうですが、次第に経営が悪化してついには倒産してしまいました。その結果、次姉は離婚して五人の子供を自分の洋裁の腕一本で育てることになります。その洋裁の技術もほとんど独学で修得し、やがて自分の家の一角にショーウィンドーを持つ洋裁店を出しました。私が小学生の頃、母と弟の三人で、江戸川区小岩にあるその伯母の家に遊びに行ったことがあります。けれど客へのご馳走も麦ご飯といった感じで、小さい子供が五人もいて大変だろうなと子供心にも思いました。しかし、伯母は五人の子供達を女手一つでなんとか育て上げ、晩年は洋裁の知識を生かして貸衣装関係の仕事に従事し、私の結婚の時の衣装もお世話になりました。この伯母は平成十八年十一月の長姉の葬儀の時は、守谷市まで駆けつけてくれましたが、その後の消息のほどはよくわかりません。生きていたら、九十五歳くらいになっていると思います。

母の少女時代

さて最後に私の母ですが、四人きょうだいの末っ子として育ったせいか、あるいは生まれつきのものか、物事に対してあまり強い執着心のある人ではありませんでした。全て中庸を行く、どちらかというと控え目な性格で、激しく争う前に折れて妥協してしまうようなところもありました。ですから、性格の強い姉達と衝突することもなく穏やかに過ごすことができたのでしょう。この性格は、たぶん父親から受け継いだものだと思います。

女学生の頃は、お下げ髪にセーラー服が似合うほっそりした少女で、取手市の学校までは自転車で通いました。昭和六年から十一年までです。女学校の時に二・二六事件があったと聞きましたので、最後の五年生の時でしょう。その日は大変な雪だったと聞きます。

女学校での母は国語・英語・歴史・家庭科・美術が好きだったようで、歴史では安政の大獄で亡くなった吉田松陰や橋本左内、それに大塩平八郎の乱など歴史上の人物や事件をよく私に語ってくれました。元来、勉強が好きだったのでしょう。家庭科の時間には和裁を習い、着物の縫い方を覚えたといいます。この時代の女性は、ほとんどの人が着物を自分で縫うことができました。これも大事な嫁入り修業の一つだったのです。運動は、体育の時間にテニスもやったようです。苦手な科目もあり、その時間になると決まって腹痛を起こし、友人からは「わざとさぼっているんじゃないの?」と言われ、腹が立ったそうです。また、楽しみの一つに関西方面への修学旅行があったようです。京都の宇治平等院や比叡山延暦寺などが良かったと話してくれました。しかし、この時代は戦時色がだんだんと強くなっていったので、母の好きな英語の教科書は黒く塗り潰され、授業も中止になって残念だったということでした。この他に絵を描くのも好きで、校長室に飾ってあった当時茨城県牛久市在住の文人画家小川芋銭の絵に、感銘を受けたそうです。この画家が得意とした絵は河童などひょうきんな絵が多く、当時、平民新聞などに漫画を載せていました。

一方、この頃の母の特筆すべき病気に、ざるに盛られた洗った後の生米を見ると急に食べたくなるとか、炭をかじりたくなるなどの異食傾向があります。また貧血気味でもあったようです。そんな母を見ていた二番目の姉は、「君ちゃん、つわりなんじゃないの？　お医者さんに行ってよく診てもらったほうがいいわよ」と言い、一緒に病院に行きました。母の話によると、当時、女学生の中にも早熟な生徒がいて、他校の男子学生とつき合って妊娠してしまい、悩んだ末に鉄道自殺を図った子がいたということでした。もちろん母はその頃つき合っている男性はいませんでしたから、妊娠などあるわけがありません。それでは何が原因なのでしょうか？

医師の診断では、なんと十二指腸虫症ということでした。これは小腸の上部に体長一センチほどの寄生虫が密集して棲息するもので、経皮または経口感染し、主な症状としては貧血を起こし、まれに異食があるようです。現代の国内ではほとんど感染しないようですが、昔は日本でもあったといいます。では、いつどのような経路で感染したのでしょう。野菜などに付いている卵や幼虫を知らずに食べてしまったり、経皮の場合は田畑に素足で入った場合などが考えられますが、母はそれほど不潔な環境にはいなかったはずですし、兄姉達にはそのような症状はありませんでした。とすると、もしかしたらそれは今でいう十二指腸潰瘍に近い病気だったのでしょうか？　その後、母のその病気は薬でなんとか治ったようですが、生涯にわたって胃腸病に悩まされたその芽は、既にこの頃から少しずつ姿を現しつつあったのかもしれません。

花の娘時代

女学校卒業後、母は絵が好きだったこともあり、美大への進学を望みますが、女に大学はいらないことや経済的理由などから反対され、会社員の道を選びます。どのような経緯で入社したのかはわかりませんが、日立製作所亀有工場に勤務し、部長秘書というポストを与えられました。下宿先は東京都葛飾区金町の中年のご夫婦の家で、ご主人は区役所にお勤めでとても親切な方だったと聞きます。

日立製作所亀有工場がなくなってからもう何十年も経っていますが、当時は東大卒の優秀なエンジニアがたくさんいて活気に溢れていたようです。工場内には溶鉱炉がたくさんあって、赤く焼けた広い鉄板が生き物のように流れていって水で冷やされたり、いくつもの鉄塊をハンマーで叩くとものすごい火花を飛ばして怖かったと母は話してくれました。この優秀なエンジニアの中には天利さんという方がいらして、昭和二十七年に「もく星号」が伊豆大島の三原山に激突した際に亡くなられ、惜しい方を亡くしたと言っていました。

会社では、生け花や茶道を尼さんから習ったそうで、母の生け花の雅号は「静波」と言いました。母らしい名前です。土曜の午後はオシャレして銀座の映画館へ出かけたのでしょう。当時は洋画が流行《はや》っていて、マレーネ・ディートリッヒの「嘆きの天使」（昭和六年・独）や「モロッコ」（昭和六年・米）、グレタ・ガルボの「椿姫」（昭和十二年・米）などは、彼女達があまりにも美しいのでただただ感動するばかりだったとか。この往年の伝説的名女優、ディートリッヒやガルボの名前を私が知ったのも、実に母からでした。この他にも「会議は踊る」（昭和九年・独）、「未完成交響楽」（昭和十年・独／墺）、「舞踏会の手帖」（昭和十三年・仏）、名指揮者ストコフスキーと天才少女、ディアナ・ダービンを配した「オーケストラの少女」（昭和十三年・米）なども非常に感動して観たことを、母は胸ときめかせながら話してくれました。「未完成交響楽」ではシューベルトの数多くの名曲が背景を飾り、文字通り交響曲第八番「未完成」の冒頭の有名な出だしの部分やセレナーデが使われました。この他にも「邂逅《めぐりあい》」（昭和十四年・米）に出演したフランスの俳優、シャルル・ボワイエがとにかく素敵で、その貴公子的で端整な二枚目振りには吸い込まれそうになるほど魅了されたとか。クラシック音楽といい、洋画といい、母の好奇心の旺盛さには驚かされる部分が多くありました。母のこの好奇心は、いつどこでどのようにして生み出されたのでしょう？　女学校時代にか、あるいは祖母の知性から譲り受けたものか？　とにかくこの時代は今のようなテレビなどはありませんから、娯楽といったら映画しかありませんでした。私が考えるに母がこのように映画を見る機会に恵まれていたのは、築地の蒲鉾問屋に嫁いだ次姉の所に遊びに行った折、歩いて銀座まで行ける近い距離にあったこともその理由の一つでしょう。ですから映画通になるのも当たり前だったかもしれませんね。

この他にも銀座へはいつも仲の良い友人と連れ立って、お気に入りの着物や、時には流行のワンピースを着て出かけたのでしょう。当時、銀座ではモボ（モダンボーイ）、モガ（モダンガール）と言われる若者が、流行の先端を行くファッションに身を包んで街を闊歩していました。モガは髪を断髪のオカッパにし、頭には帽子を被り、どちらかというと体にスリムなワンピースを着て長い数珠玉のネックレスを垂らしストッキングをはき、ハイヒールを履いていました。当時の人気挿絵画家高畠《たかばたけ》華宵《かしょう》の絵の中には魅惑的なモガがたくさん登場します。また、モボはダブルの打合わせの背広を着、帽子を被りステッキを持ち靴は白と黒のコンビのものを履いていました。そんな中を美しく着飾って歩いていくうら若き乙女達、その中に母もいたのでしょう。映画の帰りにはあんみつを食べたり、食事をしたりしておしゃべりを楽しんだのかもしれません。

この頃の母は、映画「暖流」（岸田國士《くにお》原作）に出演して看護婦の石渡ぎんを演じた女優の水戸光子に似ていると言われ、会社仲間からは「白百合の君」と呼ばれていました。一方、この映画では病院の令嬢の志摩啓子を高峰三枝子が演じ、当時、水戸光子や高峰三枝子は日本を代表する女優でした。そんな女優全盛時代、母も青春の真っ盛りを迎え、まさに人生の花の時代と言えたでしょう。しかし、将来の結婚を約束した特定の恋人はいなかったようです。ただ、会社の中に母に特別の思いを寄せている男性がいて、集合写真の中から母の写っている所だけを切り取って引き伸ばして持っていたとかで、母が結婚しても何十年と年賀状だけは寄こしていました。その男性は埼玉県のとある町の大きな地主の息子さんだったらしいのですが、母は、「背が低くて、あまり好きなタイプではないから嫌だった」と話していました。

そのうちに、母が秘書をしている部長から、「私の弟が今、樺太の王子製紙の工場に行っているが、そいつの嫁になってもらえないだろうか？」という話を持ちかけられます。しかし、樺太はあまりに遠く寒い場所なので、その話はお断りしたそうです。もしその男性と結婚していたら、それなりの母の理想に合った生活、都会的で自由な、どちらかというと山の手風のサラリーマンの妻といった生活を送れていたと思いますが、それでも、戦争をはさんで帰国も叶わず、どんな人生を歩んでいたかわかりません。行かなくて良かったのだと思います。

父と母の結婚

母は次に、下宿先のご主人から、「うちの区役所に、埼玉県北葛飾郡東和村（今の三郷市）の大きな農家の三男で、仕事に熱心で真面目で将棋の好きな青年がいるが、その男《ひと》と見合いしてみないか?」という話を持ちかけられます。母は会ってみてこの男性に特別、惹かれるものはなかったようですが、自分も年頃だし、相手が熱心に結婚を望んできたので承諾することにしました。この時、結婚の条件として、男性の父親は「いずれ三男の息子には土地を分け与え、分家させ、家を新しく建ててやる」という約束をしました。

こうして昭和十七年十一月、立沢孝夫（二十五歳）と海老原君子（二十三歳）は埼玉県北葛飾郡東和村の立沢本家にて結婚式を挙げました。当時、立沢本家は長男・貞義が裁判官として朝鮮の平壌に家族と共に赴任しており、三男の孝夫がその留守宅を守り、母親と彼の姪《めい》三人と共に暮らしていました。父親は地主の大旦那様として妾妻を三、四人囲い、その子供の数も合計で六人ほどいて、本宅にはほとんど帰らず妾宅で暮らしていました。当時、経済力の乏しい未亡人などは地主の大金持を頼る傾向にあり、祖父はそんな女性達を紹介されて引き受けたのだと私の父は言っていました。そんな父親に孝夫は強い反抗心を抱いていましたが、私の母・君子は複雑な家庭環境の中でも夫に従順に仕え、姑や小姑ともなんとか折り合いをつけて暮らしていきました。当時、女学生だった父の姪達は、母が上品で美しくて刺繍や和裁、洋裁が上手く、料理などのセンスも良かったので、年上の姉のような、母親のような存在として母を慕っていたようです。この頃は、母としても幸せな時期だったのでしょう。

そして、そのうちに私が生まれました。昭和二十年、第二次世界大戦も終結し、日本は敗戦国となりました。朝鮮に行っていた裁判官の伯父は一時、捕虜としてシベリアに抑留されましたが、昭和二十二年頃に帰国します。伯父の妻の伯母は四人の子供を連れ、お腹の中にもう一人の子供を宿して、それより一足先の昭和二十一年頃に引き揚げ船で帰国しました。これで、今まで静かだった本家も大家族となり、祖母、長男家族十人、三男の父は私の下に男子が生まれて四人家族、合計十五人が一つ屋根の下に暮らすことになったのです。

我が家は八畳の部屋に四人寝て、長男家族はそれぞれの部屋に寝て、子供達は両家族で十人、これが台所の板の間で一緒に食事をするのですから大変です。農家は当時かなり封建的で、長男ばかりが特別扱いを受けたので、三男の嫁だった母はかなり遠慮して肩身の狭い思いをしたことだと思います。子供達が食事したあとの板の間は、ごはん粒がこびり付き、それを取るのには包丁を使って削り取らねばならず、大変苦労したと母は話していました。

わら葺きの貧しい家へ

そんな苦労の多い雑居生活も、昭和二十四年、キャサリン台風が来襲したことで終わりを告げます。

この台風により、栗橋の利根川が決壊し、埼玉県東部地域、越谷、草加、吉川、三郷辺りは一面の海となり、当然、立沢本家も水浸しとなりました。結果、両家族とも舟で江戸川の堤防に避難し、土手の上での避難生活が始まったのです。

そして、この不自由な生活の中で、立沢家の長男と三男は同居をめぐって口論となりました。「出ていけ！」という伯父の声、「そんなに言うんならな、出てくよ！」という父の声、二人の激しいやり取りは今でも私の耳の底に残っています。父はどんなにか口惜しかったことでしょう。この二人を見ていて、私はいつも頼朝と義経のような関係だと思いました。伯父が朝鮮赴任の間、留守宅を守ってあげていたのに「出ていけ！」とは……。それに祖父が家を新しく建てて分家させてやると言ったのにそれは未だに果たされていない。そんなやるせない敗北感を抱いて父は本家を飛び出し、祖父の弟が使っていたわら葺きの農家に住むことに決めました。

しかし、戦後は本当に住宅事情が悪く、その家も二つに分けて他の家族と住むことになり、そこには既に松戸市に通う靴職人の一家が住んでいました。廃屋に近いようなわら葺きの家に二家族が住み、まるでねずみの家族のような暮らしが始まりました。しかし、その家族も程なくして出ていき、また違う一家が引っ越してきました。彼等は岐阜県多治見市から越してきて、何やら由緒正しい母と息子とその妻、それに幼い少女を連れての都落ちという感じでした。その少女はもらい子ということでしたが、その家族も二、三年して出て行きました。

ある日、取手市から母方の祖母が娘である母を訪ねて歩いてきたのですが、「まさかこんな荒れ果てた家ではないだろう」と通り過ぎたら、その家が娘の婚家だったので、思わず絶句して泣き伏してしまったそうです。あれほど大きい家で何不自由なく育った娘が、こんなあばら屋に住んでいるのですから、祖母は娘があまりに可哀相で情けなくて泣いてしまったのです。

そんな家でしたが、そこでの暮らしは私が小学校六年生まで約七年間続きました。しかし、住めば都、私達姉弟もなんとか元気に育ち、自分で言うのもなんですが、私はいつも成績が良くてクラスの優等生、学芸会ではお姫様などの主役、お遊戯や合唱コンクールにも出たりとけっこう目立つ存在でした。これは従姉がこの学校で音楽の先生をしていたので、その特典もあったのでしょう。この従姉は女優の津島恵子に似た背の高い美人でピアノが上手く、生徒の憧れの的でした。そのうち同僚の教師と熱烈な恋愛結婚をしました。

そんな中で母は私を自慢に思ったのでしょうか、ちょうちん袖のワンピースやギャザースカート、ブラウスなど全て手作りで洋服をたくさん縫ってくれて、幼い少女に密やかなオシャレ心を植えつけてくれました。しかし、ミシンは残念ながら我が家にはなく、母は肩身が狭かったろうと思いますが、本家に借りに行って縫うか、一針一針、返し針という方法で縫い上げていきました。クラスにはもう一人オシャレな子、千恵子ちゃんが近所にいて、彼女のお母さんも負けずにミシンでワンピースを縫っていました。千恵子ちゃんの家は我が家とは比べ物にならないほど大きく、門構えも武家屋敷風の長屋門、広い庭には椿、桜、桃などが咲き、おじいさんは油絵を描き、写真もやり、電蓄でレコードも聞くなかなかの趣味人で、私は千恵子ちゃんの大きな家を大変羨ましく思ったものです。

一方、前述のように、祖父は父と母が結婚の時、分家させて家を建ててやるという約束をしましたが、結局、ついにその約束を果たすことなく、昭和二十五年、目と鼻の先の妾宅で足腰が立たぬまま六十五歳の生涯を閉じました。その妾宅にはもう一人、他の妾腹の男子が同居していましたが、その家の妾妻と折り合いが悪く、始終喧嘩が絶えず暴れたりしたことがあるのである日警察が来たりと大変な時期がありました。結局その男子は単身、沖縄に渡り、向こうで結婚しその後本土に帰りましたが、昭和三十二年、三十一、二歳の若さで、結核で亡くなってしまいました。かわいそうですが、不幸な男でした。今、その叔父は立沢本家の大きな墓の一角にひっそりと眠っています。このように複雑な親類関係の中に暮らしていて母はいつも家を建ててやるという約束が果たされなかったことを口惜しがっていて、いつかはこの陽の当たらない黴臭いわら葺きの家を出なければと思っていました。そしてついに昭和三十一年三月、東京都葛飾区新宿《にいじゅく》という所に新しい家を買い、私達家族はそこへ引っ越すことになりました。

第二章　母と娘

東京の家

母が東京へ引っ越そうと考えたのは、陽当たりの良くない狭い家にいたのでは子供達が成長する上で健康に良くないし、こんな田舎にいたのでは良い学校にもやれない、そう考えてのことだと思います。

引っ越し先は、母が若い頃に下宿していた葛飾区金町からそれほど遠くない町で、映画「男はつらいよ」の舞台になった柴又も近く、下町的情趣に溢れた所です。家から駅まで歩いて十五分の道のり。通りにはたくさんの商店が軒を連ね、魚屋、八百屋、肉屋、乾物屋、和菓子屋、小間物屋があり、そこを一軒一軒、買物籠をさげて見て歩くのが母の楽しみの一つになりました。時には小間物屋に立ち寄って、化粧品や気に入ったブラウス、セーターを買って女の歓びに浸る……この町に来て初めて、母は誰にも気兼ねすることのない親子水入らずの自由な生活を手に入れることができたのです。念願のミシンも購入して、自分の普段着や私の外出着のワンピースも縫ってくれましたし、食材を豊富に買ってきて美味しい料理を作ってくれました。中でも得意だったのは鳥の唐揚げです。今はおかずとしてはごくありふれたものですが、当時は結構な御馳走で、成長期の私達にとっては大変ありがたいものでした。その他にはカレー、シチュー、ハンバーグが得意で、母は料理のセンス、味付け、メニューなど、自分で考え出すのか、料理の本などを見て研究していたのか、結構上手いほうでした。

一方、私は中学に入って、勉強が面白いようにはかどり、田舎から出てきた生徒にしてはできが良く、英語のテストでは毎回ほとんど百点を取っては先生を驚かせ、成績は常に学年で一、二番の位置にいました。そのせいか、中学卒業後は都立でも名門の進学校、白鴎高校（旧府立第一高女）に入学することができました。その合格発表の日、父は私より先に掲示板を見に行き、帰る途中であとから歩いてきた私に出会い、「敏子、あったよ。良かったなあ」と、にこにこしながら言っていました。この時ばかりは、父に大変な親孝行ができたなと思っています。

私の大学進学

その高校にはアーモンド形の高い時計塔があって、関東大震災にも戦争にも壊れなかった堅牢な校舎が建ち並び、隅々にはどこか浸し難い伝統が行き渡っていて、私は大好きでした。余談になりますが、古くは卒業生の中にＮＨＫの大河ドラマで二十六年間衣装考証を手がけてきた鈴乃屋会長でもおられる小泉清子様がいらっしゃいます。同窓会で初めてお目にかかったのですが、その女性実業家としての働き振り、九十三歳の今も元気にご活躍と聞き、大変頭の下がる思いがします。大正七年のお生まれとお聞きしますので、私の母より一歳年上です。そんなわけで私は今も時々、着物を買いに上野の鈴乃屋本店まで行き、お付き合いをさせていただいております。この他にも卒業生の中には女優の奈良岡朋子様、漫画家の池田理代子様、俳優の柴俊夫様、ＮＨＫアナウンサーの梅津正樹様、三木武夫元首相夫人の三木睦子様などがいらっしゃいます。

さて話は元に戻ります。私が高校三年になった頃、進路を決める保護者会がありました。その時、母は自分の手作りのベージュ色のスーツを着てきました。その装いは大変上品な雰囲気でしたので、私はとてもうれしく思いました。

教室に入ると、先生を前にしての三者面談が始まります。

「それで、どうするんですか？」

「私はお茶の水女子大に行きたいと思います」

「えっ、お茶の水ですか？　それは無理だと思いますよ。ここに入るには成績が五十番以内にいないとね」

確かに私の成績は小・中学校のように一番というわけにはいきませんでした。なぜなら、この高校には各中学から選りすぐりの秀才が集まってきており、中学校間の学力差もあって、私の成績は中の下になっていたからです。あれほどの優等生が劣等生に近い形になってしまった……なんという悲しいことでしょう。しかし、理想だけは高く持ったままです。それならば、英語が好きなので東京外語大はどうかと考えましたが、当時は一九六〇年代の学生運動が盛んな時代で、東京外語大もその例に洩れず校内が大変荒れているという噂を友人から聞いたり、少数精鋭主義の少人数クラスで募集人数が極めて少ないので合格は無理だと言われたので諦め、他の国立大学に切り換えました。私立の四年制大学も考えたのですが、我が家の経済力から考えてそれは無理でした。

周りの友人達が早稲田の教育学部や日本女子大などを目指して勉強している姿は大変羨ましく見え

ました。それに私の父は、あれほど高校の合格の時には喜んでくれたのに、大学進学には根っから反対で、「女は高校を卒業したら勤めに出て、何年かしたら結婚をする。これが女の最大の幸福」と信じている人間でした。大学も何か目的があって、例えば伯父のように弁護士や裁判官になるのなら多少無理をしても法学部に入れてやるが、英文科などお嬢様の贅沢な暇つぶしのようでもってのほかだと思っていたのです。

ここで大学進学をめぐって父と娘は激しく対立することになりました。それなら私も一念発起して法学部目指して勉強し、司法試験に挑み、弁護士か裁判官になれば良かったのではないか？　しかし、その頃は英文科に行きたい気持ちが強く、法学部にはそれほどの情熱がなかったのです。しかも、それに輪をかけるように私の国立大学受験は失敗に終わり、その結果、深い挫折感に打ちのめされることになってしまいました（この挫折感こそ、その後の私の人生にたびたび現れては私を苦しめることになります）。

この時代、女の浪人生活はあまり許されることではなかったので、窮地に陥って悩んでいたところ、母の助け舟が入ります。

「こんなに〝行きたい〟って言ってるんですから、短大ぐらいは入れてやりましょうよ」

ということで、頑固な父も仕方なく折れ、私は短大の英文科へ行くことが許されたのです。四年制大学を目指していた私には短大は多少、物足りなくも感じられましたが、それでも勉学の機会を与えられたことに感謝しました。母はよく「教育は身につけてやれる財産だ」と言っていました。

その短大は伝統のあるカトリック系の学校で、幼稚園から短大までキリスト教精神に則って教育が行われていました。学校全体としては創立百二十年以上経ていると思います。そんな訳で公立学校から来た私には、礼拝や讃美歌などどこかなじみ難いところもありましたが、多感な青春時代、好きな英文学を勉強できて、それなりに自由なキャンパスライフを楽しめたと思っています。この学院も一九八八年には四年制の女子大学が横浜にでき、この短大の英文科はなくなってしまいましたが、その代わりに人間科学部、社会科学部が開設されました。私がここで学んだのは二年間だけでしたが、その間に学んだことは今の私の貴重な精神的財産になっていると思います。私が本書の中に度々、登場させている旧約聖書や讃美歌からの引用は恥ずかしながらこの時期に学んだ浅学な知識を駆使しての結果によるものです。何らかの意図が伝われば良いと思っています。

三郷市に家を新築

私が短大二年生になった頃、三郷市の元いた場所の家が取り壊されて更地になったので土地を提供しても良いという提案が父の本家からありました。そこで私達は家を新築すべく、また三郷市に戻ったのです。台風で土手に避難したあの時、同居をめぐって伯父と父が激しく喧嘩をしましたが、伯父は「弟にすまないことをした。せめてもの罪滅ぼしに土地を分けてあげようか」と反省したのか、私達に七、八十坪の土地を提供してくれたのです。その結果、二階建ての新しい家を建てることになり、祖父は「分家させて家を建ててやる」という約束を果たさぬまま亡くなりましたが、私達はここでやっと終の棲家を手に入れることができたのです。

それにしても長い旅でした。母はここで昭和三十九年から六十一年まで二十二年間暮らし、もうどこにも引っ越す必要のない安定した生活を得ることができました。庭には牡丹や薔薇を植え、それらの花を水彩画で描いたり、俳句を詠んだりしながら。弟はようやく大学生になり、杉並の明治大学和泉校舎まで二時間近くかけて通うことになりました。私は会社員となり、東京丸の内の大手電機メーカーへ通勤することになりました。

着物の美しさを教えてくれた母

話は少し戻りますが、私が高校を卒業した十八歳の頃から、母は自分の娘もそろそろ年頃になってきたので、少しは女らしい気分にさせてあげようと思ったのか、自分が若い頃に着た着物をよく着せてくれるようになりました。それまで「勉強、勉強」と青い顔をして女らしい稽古を何もせずに来た私にとって、着物はほっと一息つかせてくれる魂のより所となりました。

母の古い着物の中には、夏の絽で萩に蜻の柄のもの、紫地に白の大胆な流水模様のもの、薄茶に朱赤の大きな青海波模様のお召し、それに薄ねずみ色に朱赤の楓《かえで》もみじが煙ったような感じのものがあり、これなどは溜め息が出るほどに美しかったのを覚えています。ここで私は着物の美しさに目覚めたような気がします。

二十歳の成人式には、守谷市で着物学院を経営する伯母の紹介で日本橋横山町の着物問屋へ行き、訪問着を作りました。それは水色地に竹や桐、菊、蘭が描かれたもので、出来上がってきて初めて袖を通すと、えも言われぬ衣擦れの音がして大変心が高鳴りました。その他には、朱色地に薔薇の花が描かれた派手な着物、これは会社の新年会に着ていって大変褒められたので有頂天になったのを覚えています。その後も母は次々に、付け下げ、小紋、紬などを作ってくれて、そのたびに三越、髙島屋、松坂屋などのデパートを母娘して歩き回りました。デパートめぐり、これも母の楽しみの一つだったのです。

晩年、死の床に就いた母は、天井を見つめながら、「ああ！　着物が着たい！　あの水色の訪問着よ。葡萄《ぶどう》の柄のね。着てみたいわ」そう絞り出すように言いました。その着物はデパートに行って私が見立ててあげたものですが、派手だと言って嫌っていたものです。もしかしたら一度も袖を通していなかったかもしれません。それを死の床で「着たい！」と言ったのは、よほど体の奥底からの強い欲求があったからでしょう。着せてあげたかったと思います。

母は若い頃から着物は自分で縫い、自分で着て、近所から結婚式用の黒留袖の着付けを頼まれると上手く着付けてあげたり、他人から着物の仕立てを頼まれると上手く縫ってあげたりする器用な腕前がありました。私のウールの大島調アンサンブル（羽織と着物が一対になったもの）も上手く仕立ててくれて、これは今でも愛用しています。母には元来、美しいものに憧れる天性の才能があったような気がします。中年以降の母は、新珠三千代型の着物美人だったと思います。私も最近は着物の好きな中年女性となり、母に似てきた気がします。

両親に苦労をかけた私の恋

私は社会人になって二、三年した頃、ふとした気紛れから、ミス・インターナショナル・コンテストに応募しました。毎日の単調な会社員生活の中、何か刺激が欲しかったことと、自分の可能性を試してみたいという気持ちもどこかにあったからでしょう。それに、小学生の頃に見たミス・ユニバース世界第三位に選ばれた八等身美人の伊東絹子さんに憧れる気持ちもあったのかもしれません。応募の結果、写真と履歴書の書類審査が通り、埼玉県代表に選ばれた時は信じられないようなうれしさでした。

日本代表選出大会の当日は、出場者全員が確か有楽町の東京宝塚劇場辺りからオープンカーに乗って日比谷交差点を渡り、丸の内側の皇居外堀を通り、大手町のサンケイホールまでパレードしたと記憶しています。こうしてミス・インターナショナル日本代表選出大会の埼玉県代表としてサンケイホールの舞台に立った私は、人生最高の舞台に立っていたのでしょうか？　いえ、それは必ずしもそうではなかったと思います。子供の頃から優等生で勉強家、努力家の真面目人間で通ってきた私は、性格もどちらかというと温和で内向的なほうで、世界を股にかけて歩くミス・コンテストに出場するなど誰が想像したでしょう。両親を始め、親類や友人たちもその意外性と大胆さに非常に驚いたことだと思います。しかし、実際に出場したことはしたのですが、残念ながら一次審査で敗退してしまいました。最後に日本代表に選ばれた方は、どこかカリスマ性を帯びた神秘的な美貌の持ち主でしたが、アメリカのロングビーチで行われた世界大会で、この方がどのような成績を収めたかは記憶にありません。

私はミス・コン出場を、密やかでかけがえのない青春時代の思い出として記憶の中に大切にしまっておきたいと思いました。しかし、母はあまり快く思っておらず、むしろ娘の将来を考えると、その派手で特異な体験により人生が悪い方向に曲がっていってしまうのではないかと危惧していました。実際、親類筋や知人から持ち込まれる見合い話に娘があまり積極的にならないのはそのせいだろうと思っていたようです。

その見合い話は次のようなものでした。歯科医師、東大卒の大手建設会社勤務のサラリーマン、内科医師、教師、その他一流企業のサラリーマンなどなど、他にも会社の男性や友人から紹介されたサラリーマンとの交際などもいろいろありました。お見合いでは歯科医師の方が私を気に入ってくださったのに、こちらが明確な態度を示さず渋っていましたのでお断りされ、チャンスを逃してしまいました。その時、父方の二番目の伯父から「なんていうもったいない話だろう。あんなに気に入ってくれているのに気が進まないのは、お前は結婚に自信がないいんじゃないか？」と言われ、腹が立ちましたが、そう言われてしまうのも当然だったと思います。

東大卒のエンジニアの方は、コナン・ドイルの推理小説が好きで、車の運転が上手く、赤城山にドライブに連れていってくれたりしました。彼は、「私はいつも山の中で道路工事ばかりしていて泊り込みも多いから、だから女性にめぐり会うチャンスもなく三十四までこうやって独りで来てしまったのかもしれない」と正直に語ってくれました。その飾らない朴訥な言い方には誠実な人柄が滲み出ていて好感が持てたのですが、今一歩、積極的に結婚に踏み切れずに終わってしまい、惜しいところでした。それに、これは母の守谷市の長姉が持ってきてくれた話なので大変申し訳ないことをしてしまいました。この他にもいろいろありましたが、断ったり断られたりで、私も二十七、八歳になっていました。そこで思いがけずも芸大卒の画家との恋愛が私の人生に暗い翳を投げかけることになります。

私はもともと絵を描くのが好きでしたので、油絵を習おうとある絵画教室に通っていました。ある日、そこでフランス留学から帰ったばかりという若くてハンサムな講師に出会い、心ならずも一目で彼に惹かれてしまったのです。その時、直感的にこの男性と結婚するかもしれないという予感のようなものを感じました。しかし、それは全く当てにならないことを後で痛感しました。育ちが良さそうなお坊ちゃんタイプで知的な雰囲気の彼は、教室の女性たちから人気があり、帰りにはよく皆で食事に行ったり、グループ展を喫茶店で行ったり、横浜港に写生会に行ったりし、そんな中で、何かと彼と話をする機会を得ました。

そんなある日、絵の仲間たちと食事をした帰り、彼が急に私の所に駆け寄ってきて、「今日、車で来ているんだけど、君の家の方まで送っていっていいかな?」と言ったのです。それは信じられないことでしたが私は彼に好意を抱いていましたので即座に「ハイ」と答えました。車の中では会話がことのほか弾み、彼はユーモアたっぷりの話をたくさんしてくれました。

その後、彼は毎週土曜日に私の会社の近くまで車で迎えに来て、横浜の彼の自宅に連れていってくれるようになりました。時には鎌倉や湘南方面にドライブして食事をし、彼のアトリエに戻って、私が今まで聞いたことがないバロック音楽のオーボエ協奏曲や、フランス留学中に彼が好きになったというジョルジュ・ムスタキの「悲しみの庭」などを聞かせてくれました。私は彼の芸術的教養の深さを尊敬しました。三月の雛祭りには、彼の母親がちらし寿司を作ってアトリエまで運び、ニコニコしながら歓迎してくれました。夏の頃は、夏期だけ借りているという軽井沢の別荘に行き、楽しい日々を過ごしました。

彼の父親は仏教学者で大学教授、弟が二人いて、上の弟は大学の研究室に残る学者の卵、下の弟は大学在学中に知り合った外交官の娘と結婚という恵まれた学者一家。私はこのような環境の中で暮らす彼との結婚に多大な夢を抱いていました。しかし、その夢はある日突然、彼の婚約者が現れたことにより、完璧に打ち砕かれてしまったのです。普段から女性関係が多い彼には、フランス留学中に知り合ったという美大出の女性が前々からいたのです。その女性は彼の家に遊びに来るうち、彼のすぐ下の弟を好きになってしまい、それを彼は相当悩んでいましたがその弟が他の女性と結婚したことにより彼女は失恋し、彼の所に戻ったのです。その結果、彼は彼女を手に入れることができたのです。

その女性は涼し気な眼つきの化粧気のない小柄な女性で彼はそのようなタイプの女性が好きなようでした。私とは大分、タイプが違っていました。それを知らない私は愚かでした。その女性との結婚が決まると、彼は急に冷たくなって次のように言いました。

「君と僕はあまりにも価値観が違い過ぎる。しかし、彼女と僕は同じ種類の人間だと思うから、価値観が合うんだ。人はね、他人のことを気にしてるより、自分のことだけ考えてりゃいいんだ。だからいつまでも僕のことなんか考えてるのは時間の無駄だよ。早くいい男を見つけたほうがいいと思う。君ならすぐ見つかるよ。とにかく、今、僕が君にしてやれる最大の〝愛情〟というのは、君を〝捨てる〟ことなんだ」

捨てることが愛情？　思い上がりにもほどがある！　絶対に許せない！　でも、そう言ったところでもう彼の気持ちは完全に冷え切っているし、決意は揺るがない。血も涙もない。おまけに彼の母親も出てきて次のように言うのです。

「うちの息子はあなたに誘惑されたんですよ。そしてね、わざと〝偽悪者〟ぶってる。本当はいい子なのに、可哀相に、嫌われようとしてわざと悪者ぶってるのよ。結局ね、あなたにはね、息子の心を捉えるだけの魅力がなかったということなのよ」

ああ！　地獄というのはこういうことを言うのでしょうか？　地面に顔をこすりつけて号泣したい！　「ああ神様、どうしたらいいんですか？」と。

その後、何度彼のアトリエを訪ねたことでしょう。しかし、扉は固く閉ざされたままで、あの懐かしい部屋も暗いまま。今、彼はその婚約者と会っている？　いったいなんだったのでしょう、あの蜜月の日々は。私は完全に騙されていたのです！　バカでした。そんなふうに自分を責め続け、失意の日々が長く続きました。いつか、父が言った言葉を思い出します。

「画家だって？　芸大出でフランス留学？　それがなんだ。とにかく画家じゃ、飯食っていけないだろう？　やめとけ、今すぐにでもそんな男、やめろ！」

やはり父の言っていたことは間違いなかったのです。

この失恋により、私は人生の大切なものを全て失い、失意のどん底から立ち直るのに五、六年、いや十年くらいの年月を要したと思います。そして、私の苦しみは同時に母をも相当苦しめていたのです。「親類が持ってきた見合い話に耳を貸さなかった結果がこんな不毛の恋愛に身を投じる破目になってしまって。これもあの派手なミス・コンに出たことが仇になったのだろうか？」そう思うと母はいても立ってもいられない気持ちになっただろうと思います。

それでも母は、私の傷ついた孤独な心を理解して旅につき合ってくれました。信州小諸、八ヶ岳清里高原、上高地、霧が峰、松原湖、京都などなど、数え上げたらきりがなく、そんな母に感謝しなければいけないと思っています。また、私は彼の足跡をたどってヨーロッパの各地、ロンドン、パリ、ローマなどを訪ねましたが、虚しい孤独の旅に終わりました。

その後、風の便りで彼は地方の某国立大学で教授をしていると聞きました。いつだったか日本橋のデパートで元芸大教授で彼の恩師の画家の展覧会が開かれましたが来客名簿の中に彼等夫婦の名前を発見しました。「本当に彼等は仲の良い夫婦でいるんだわ。こうやって二人で展覧会を見に来ているんですもの」と今更の如く、彼の妻が書いたであろう筆跡をじっと見入っていました。もう少し私が早く来ていたら、彼等にバッタリ会っていたかも知れません。しかし、実際に会わなくて良かったのです。「でも、私も彼等に負けないくらい幸せな結婚をしているわ。子供も二人いる家庭の奥様になっているんですもの。これで十分、彼を見返すことができているのでしょう」そう思いながらその会場を後にしました。

電撃結婚

私が失恋の痛手に悩んでいた頃、父の知人が見合いの話を持って我が家を訪れました。相手は一度離婚していますが、一流大学卒、大手銀行名古屋支店勤務、課長職、四十二歳の久保勵《すすむ》さんという男性。会ってみて感じが良かったので結婚することにしました。それも、見合いから四ヵ月のスピード結婚でした。一年以内に子供も生まれましたが、これは私が失恋であまりにもつらい思いをしたので、神様が特別のプレゼントをしてくれた結果だろうと感謝しました。

しかし、妊娠、出産に関しては母にまた多大な迷惑をかけることとなりました。つわりや切迫流産での二度の入院、そんな時、母は埼玉県三郷市から新幹線で名古屋の病院まで駆けつけて泊まり込みで看病をしてくれ、出産は帝王切開でしたので、身動きのできない四日間を献身的に世話してくれました。母はいつもあまり愚痴をこぼさず、黙って私の身の回りの世話をしてくれます。母親として娘の世話をするのは当然のことと思っていたのでしょうが、そう簡単にはできないことです。しかし、そんな母と娘の平和な出産風景の中に一大事件が起きます。

義父の脳出血

妻が出産早々というのに、夫には銀行の沖縄県那覇支店への転勤命令が下ります。これを聞きつけて、義父は急拠、浦和から名古屋に駆けつけ、病院で赤ん坊の顔を見て歓びに浸り、それを伝えるために三重県上野市（現・伊賀市）の親類を訪ね、久保家の墓参りも済ませました。義父はこれらのことを一日で終え、名古屋の私達の社宅に戻って泊まると、翌日は浦和に帰るため、朝早く名古屋駅に向かいました。私は夜中の義父の大いびきが気になっていましたが、それは強行なスケジュールの疲れのせいだろうと思っていました。

しかし突然、一本の電話が入ります。それは夫からで、「父が名古屋駅の新幹線ホームで倒れた！」というものでした。天と地がひっくり返るような騒ぎです。さっき元気に別れたばかりなのに、その一時間後ぐらいに倒れたなんて、いったいどうしてしまったのでしょう？　夫の説明では原因は脳出血でした。昨夜の大いびきはその前兆だったのでしょうか？　長男の初めての子供を見に来て腕の中に赤ん坊を抱き、その翌日に倒れてしまうとは、なんという可哀相なめぐり合わせでしょう。義父は倒れた場所から急遽、名古屋駅の鉄道病院に運ばれ、その後は八事日赤の病院に移され、意識はなんとか戻りました。しかし、東京に移送するにはまだ一ヵ月以上の日数を必要としました。

私の出産、夫の転勤、義父の脳出血が同時に三つ重なってしまい、私達は身動きが取れませんでした。今になって考えると、義父が倒れたことは、「出産早々の赤ん坊を沖縄まで動かすことは困難なので、もう少しの猶予を息子と孫に与えてやってください」という父親の願いがそうさせたのかもしれないとも思われます。

こうして義父は二ヵ月ほど名古屋に留まり、三月になって病状が落ち着いてきたのでやっと東京の病院へ車で移送されていきました。この間、私の母は一ヵ月以上、名古屋の私達の社宅に残り、私や赤ん坊の世話を懸命にしてくれました。また、夫の妹も二歳の子供を連れて千葉から駆けつけ、しばらく社宅に泊まり込み、病院に通って父親の看病を続けました。

当然、この間の我が家は繁雑を極め、母は精神的にも肉体的にも限界に達していたのです。私の出産、義父の脳出血、一度三郷市に戻ってまた名古屋に来て一ヵ月以上の滞在、合計二ヵ月の滞在……母はこの間、長年の持病の「便秘症」をかなり悪化させていたと思います。それでもなんとか耐え、義父の病状が安定した二月末に三郷市に帰っていきました。

沖縄転勤

義父が東京に移ったあと、三月に私達はやっと沖縄に転勤となりました。当時は今のように介護休暇や育児休暇のない時代でしたので、これ以上、転勤を遅らせると解雇されてしまう危険性も大きかったのです。しかし、ぎりぎりのところでそれを食い止めることができました。

那覇市での生活は昭和五十八年三月から昭和六十年一月までの一年十ヵ月間でした。この間は母もやっと全ての苦労から解放され、息子夫婦と同居、孫を交えての楽しい生活、趣味の俳句や絵にも没頭できるようになりました。私達はそんな両親を沖縄に招待したのですが、どうも沖縄は戦争のイメージが強くて抵抗感があるらしく、来訪は実現することなく終わりました。その代わり母はたびたび手紙をくれて、時には俳句や絵もあり、その温かい心や文才を感じ取ることができました。その中の何通かを紹介しましょう。

「そろそろ梅雨明けも間近くなり、昨夜は霞んだ月が出ていました。お変わりなくお過ごしのことと遠くからいつも思いを寄せております。こちらはまだ夏本番の暑さではありませんが、沖縄はとても暑いと勵さんがおっしゃっていました。暑気あたりなどしないよう気をつけて下さい。奈緒ちゃん（私の娘の奈緒子）も発育良く、もう這い這いが出来るそうですね。これからは目を離せませんね、育児と家事と大変でしょうが、頑張って下さい。暑い昼中にベビーバスにぬるま湯を入れ、行水させたらきっと喜ぶでしょう。汗を取ってやらないと赤ちゃんはかわいそうです。腹巻きなどして寝冷えしないようにね。二人共、注意して下さい。八月のお盆の頃、お出でになるとのこと、お待ちしています。赤ちゃん二人揃って賑やかになりますね。近々お父さん（私の義父）のお見舞いに行くつもりです。お話も出来るようになってほんとうに良かったですね。ヘメ（猫）の写真出来ました。小太郎（猫）に似ているでしょう。暑中見舞いの葉書きに絵を描いてみました。この間は花菖蒲を描きました。日本画風に……。重ね塗りできる点では、油絵の方が描きやすいようにも思います。ではまたお便り致します。お体を大切に。昭和五十八年七月十九日」

「庭の紫式部も日に日に色を染めて秋が深まっていきます。奈緒ちゃん始め、お二人ともお元気のことと存じます。先日は忙しいばかりでゆっくりとお話ができなかったようで心残りもいたします。子供と一緒の一日は短くせわしないものですね。

奈緒ちゃんは動きが活発ですから、よほど注意しないと大変ですよ。怪我などないよう気をつけて下さい。子供本位の日々でお労れ（疲れ）になるでしょう。一時でもよいから自分の体も休めて大切にして下さいね。知康（私の弟の長男）は重いので、お父さんも抱くのは骨が折れるとのことですが、可愛いのでしょう。よく遊んでくれていますので私も助かります。先日お父さんと一緒に二回、医者につれて行きました。お通じがなくともメン棒などで肛門を刺激しない方がよい。ただれるのはメン棒のせいではないかもしれませんが、赤ちゃんの肌は柔らかいから、敏ちゃんも便の後など拭く時は強くこすらないように、温かく絞った布で軽く拭いてあげなさい。知ちゃんは飲み薬と座薬でやっと自分で出すようになり元気になりました。
可愛い二人の写真が出来ましたので、お送りします。あどけない二人の良い記念になります。先日お休みの日を見て、松戸の伊勢丹からタオルセットを新井さんと網代さん（父方の従姉二人）に送りました。
こちらは天気が悪く、肌寒い日が続いています。沖縄はまだ暑い日があるのでしょうか？　俳句の先生が沖縄に行って作った句にこんなのがありました。

椰子《やし》並木基地へ峰雲ただならず
樹の胴に弾痕残しデイゴ咲く
旧婚旅行にハイビスカスと「メンソーレ《いらっしゃいませ》」

私の句
子の帰り空しさ残る夜のちちろ《こおろぎ》

ではまたお便りします。色々なことによく注意されてつつがなくお暮らし下さい。勵さんにもよろしく。乱筆にて。昭和五十八年九月二十四日」

沖縄旅行の代わりに、両親はフルムーンで東北旅行に出かけました。父は幼い頃から将棋が好きで、一時はプロを目指して土居八段（当時）に弟子入りしたほどのセミプロ級で、日本将棋連盟より六段の免許をもらっています。昭和五十五年には第四回全国老人将棋大会に埼玉県代表として出場し、全国優勝を成し遂げ、内閣総理大臣杯を受賞しました。これで父は、「上の二人の兄が共に裁判官になって勲三等をもらったが、これでやっと自分も肩を並べられるようになった」と満足しました。そんなこともあり、この旅行の目的の一つは、将棋の駒の産地、山形県天童市を訪れることでした。

母は俳句が好きでしたので、天童市郊外の立石寺《りっしゃくじ》に行き、松尾芭蕉が「おくのほそ道」で詠んだ句、「閑さや岩にしみ入る蝉の声」の句碑に接してきました。では、母がその旅で詠んだ句を少し紹介しましょう。

花笠の小さきをかざし子の踊り
七夕の墨あおあおと文字を生む
とっぷりと暮れし旅空星まつり

この旅で二人は山形から横に走る仙山線に乗って仙台に行き、そこで華やかな仙台の七夕を見て帰路につきました。そして、これが最初で最後の夫婦二人の旅となったのです。

第三章　秋海棠の花はうす紅い

自宅の庭の秋海棠の前で（著者　昭和63年8月）

断腸の花

私達が沖縄転勤を終えて浦和に帰ると、両親はこの家へよく遊びに来てくれました。昭和六十年三月には、母はお気に入りの大島紬の着物を着て孫娘・奈緒子の雛祭りに。八月には孫娘に金魚の柄の浴衣を着せたくて来ました。また九月の末には一人でふらっと、孫娘の七五三の祝い着の裾上げをしにきました。この時、庭には金木犀が咲いていて、息苦しくなるほどの芳醇な匂いが庭一面に漂っていたことを覚えています。この家の庭はけっこう広いので、母は茨城県取手市の実家の庭を思い出していたのかもしれません。「やっぱり、自分の娘の所が一番いいわ」と言って、陽当たりの良い廊下で心地よさそうに針を進めていました。

けれどそんな中、母は近所の仲の良い主婦の方が癌で亡くなられたことを大変悔やんでいました。実はこの頃、母も持病の便秘症が相当ひどくなってきていたので、それと重ね合わせていたのかもしれません。母はあまり感情を外にあらわに出すほうではないので、「痛い」とか「つらい、苦しい」などを大きな声で叫ばず、自分の胸の内を抑えてしまいます。それが病気を悪化させる一因になっていたのかもしれません。

やがて針仕事が一段落したのか、母は良い空気を吸おうと庭に出ました。その時、庭にはたくさんの秋海棠の花が咲き乱れていました。

「この花、秋海棠っていうんでしょ？　とっても可愛くて珍しい花ね。きれいだから、少しばかりもらっていいかしら?」

そう言って二、三株引き抜いて家に持ち帰りました。

そしてその花が、のちに重症の床にある母の家の庭に大きな葉を出し始めており、それを見た時、私は、「ああ、やはり母は秋海棠を本当に気に入ってくれていたんだわ。私の家から持ち帰って、こんなにも大切に育てているんだもの」と思い、胸がつまりました。

秋海棠の花と母の出合い、これこそ運命的なものだった気がします。秋海棠は別名「断腸花」というのです。いったい誰がこの名前をつけたのでしょうか? 葉っぱは無遠慮で大きいけれど、花はピンクの可憐な小花をたくさん房状につけて咲きます。それは向日葵《ひまわり》のように太陽の照りつける日向にはあまり咲かず、木の茂みに寄り添うようにして俯《うつむ》いて咲きます。薄暗い日陰に俯いて咲くその姿が、断腸の思いで嘆き悲しんでいるようだと人の目には映るのでしょうか。あるいはもっと深い暗喩《あんゆ》があるのでしょうか。

私もこの浦和の家に来るまでは、秋海棠という花の存在や名前を知りませんでした。おつかいや散歩の途中などにいろいろな家の庭が目に入りますが、私の家ほど見事に秋海棠が群生している所を見たことがありません。誰が植えたのでしょうか? しかし残念ながら、我が家は平成十二年に建て替えをしたので、秋海棠もほとんどが失われてしまい、今は僅かに五、六株が残っている程度です。これを大切に育ててまた増やしていきたいと思っています。

秋海棠は秋の終わり頃に花も葉も枯れていくと、花の先端や葉と茎の間に小さい茶色の小指の先ほどのむかごができて、それが地面に落ちて新しい芽を増やしていきます（種子でも増えます）。植物図鑑を見ると、中国、マレー半島原産のシュウカイドウ科の多年草。葉は互生し、歪形、長柄を具え心臓形で鋭尖頭。雌雄同株異花で八月〜十月に淡紅色の可憐な花を咲かせる。花は下位性の房を作る。オーストラリアを除く暖帯に七、八十種産し、その多くの種類は歪形した美麗な葉を観賞するため温室に栽培され、ベコニアと総称される。観賞用植物。日本には野性品として約五種を産する。薬用としては健胃薬として使われる。別名、断腸花——とあります。

秋海棠（＝断腸花）は文人にも愛されており、正岡子規の句には「病床に秋海棠を描きけり」というのがありますし、永井荷風も「断腸亭日乗」という日記をつけています。また着物の染色に「辻が花染」というものがあり、これは室町時代に生まれた独特の技法で絞り染めの花を中心に摺箔《すりはく》や刺繍《ししゅう》を施したものですが、この花をよく見ると、花や葉の形が秋海棠に似ていて、辻に咲く花＝辻が花、すなわち秋海棠ではないかと私は思うのです。しかしこれはあくまでも私独自の考え方です。

そんないわくありげな秋海棠ですが、大きな葉っぱを下に抱え、ピンクの可憐な小花が俯いて咲いている姿は、病魔に侵された母の姿と悲しいほどよく似ていると思いました。ほんとうに不思議な因縁です。秋海棠はまさに母そのものではないかと、いつもその花を見るたびに思うのです。

母はそのうす紅色の秋海棠が咲き乱れる裏庭を無邪気に歩き回って何株か引き抜いておみやげにし、その日の夕方、暮れやすい秋の時間を気にしてせわしなげに帰っていきました。「そうだわ、引き留めて泊まっていってもらおうかしら？　だって今まで一度もこの浦和の家に泊まってくれたことがないんだもの」そう思いましたが、言いそびれてしまったのです。改札の奥に消えた母の後ろ姿は灰色っぽく頼りなげで、どこか弱々しく、そのまま見知らぬ所へ消えていってしまうのではないかという不安が感じられました。

その年の十一月、夫の父（義父）が昭和五十八年一月に名古屋で脳卒中で倒れてから二年十ヵ月の闘病生活の末、七十五歳で亡くなりました。義父は在職中、大森、浦和、王子の郵便局長を務め、勲四等までもらった人です。見合いの時はことのほか乗り気になられ、「ぜひ息子の嫁になってほしい」と懇願されました。それまで、相手の親にこれほどまで気に入られたことはなかったので、私は特別の親しみを感じていました。

その義父の葬儀のために母はまた浦和を訪れましたが、黒い喪服に身を包んだ姿はどこか思い悩んでいる様子で元気がありませんでした。やはり何か健康面で不安があったのでしょうか。

しかし、十二月には親戚の結婚式に出かけ、そのあとすぐに俳句仲間と秩父の夜祭りに出かけました。夜祭りの晩、秩父の山中から私に電話をしてきた母の、思いがけず弾んで興奮した元気な声。「トンちゃん、今、私、秩父の夜祭りに来ているのよ」と言った声は、今でも耳の底のほうに残っています。賑やかな祭り囃子や明るくまばゆいばかりの山車《だし》や笠鉾《かさほこ》、夜空を焦がす赤い篝火《かがりび》……この時、母の命も、激しく強く、最後の火を冬の夜空に燃焼し尽くしたのかと、今にして思われます。

祭りや花火が好きだった母。美しく華やかなものが好きだった母……。そのあとは浅草の羽子板市に父と出かけ、日本髪美人の羽子板を二枚買い、暮れも押し迫った十二月二十九日に、また浦和に父と二人してやってきました。母は張り切って、白菜漬けを仕込んでくれました。この時の母は、翌年の一月初めに病院で予定されている検査に希望をつないでいるようで、元気でした。その明るい姿が、のちにあまりにも対照的で悲惨な運命に巻き込まれていくとは、誰が予想したでしょう。

ついに入院、そして手術

昭和六十年秋頃から体調を崩していた母は、十二月には、長年来の特異な便秘症が、ついにはほとんど便通不可能な状態になっていました。そして、排尿障害（オシッコの出が弱く、時間がかかる）が始まり、横になって寝ると左腹部に硬いしこりが触れるようになりました。しくしくとお腹が痛み、便秘薬を飲んでも快便ということはほとんどなく、粘血液のついた兎のようなコロコロした便がやっと出る程度。時にはトイレに行っても便は出ず、粘血液しか出ないこともあったようで、体重も本来なら最低四十キロはなければいけないのに、三十キロ台に落ちてしまいました。

貧血気味で何かと疲れやすく、疲れるたびに痩せていくような気がする、入浴した翌朝など特に疲れがひどいような気がする――これらを疑問に思って、母はついに病院を訪れることになりました。

母は元来、胃腸が弱く、胃下垂気味で、胃カメラを飲んだこともありますが、異常は見つかりませんでした。また頑固な常習性便秘解消のため、長年便秘薬を飲み続けており、六、七年前にとある市販薬を飲んだ時には急に激しい腹痛に襲われて、顔面蒼白となって立ってもいられなくなり、本家の医者が飛んできてくれて注射を打ち、なんとか鎮まったということがありました。父の本家の従兄は胃腸科病院をやっているのです。この時ついでにその病院を訪れ、腸のレントゲン写真を撮っています。結果、大腸のある部分が太くなって弾力がなくなっており、その部分を手術して切除し、良い腸同士をつなげば健康になれると言われました。しかし、従兄の話では腸に悪性のものは発見されなかったとのことで、誰も事態をそれほどひどくは考えていませんでした。またそれ以来、母は市販の便秘薬はやめて病院の薬に切り替え、おかげで副作用もなく自然な排便が得られるようになったようです。

母の健康状態は、「便秘との闘い」そして「乗物酔いとの闘い」というのが、一生を通じての姿であったと思います。便秘症のほうは胃弱の祖父から、乗物酔いのほうは祖母から受け継いで、「両方から悪いものをもらってしまった」とこぼしていました。

乗物酔いに関しては、バスで三十分くらいの所に行くのにも、酔い止めの薬を飲まずには出かけられないということで、これも大変可哀相でした。便秘については、もう宿病のようなものです。たまにそれが解消されることがあると母はとても喜んで、世の中が急に明るくなって食欲が出ると言っていました。それはいつだったか母が私に語ってくれたことがあります。

「あのね、生理がある時は、生理痛があるでしょ？　だからそれでお腹が痛くなって自然と腸の働きも活発になるのか、便通も良くなるのよ。だから、自然に出てとても気持ちがいいの。いつもこうだったらいいのにね」と。私が高校の頃、そういえば生物の先生が「女性に便秘が多いのは、子宮が腸を圧迫しているからなのです」と言っていたのを思い出します。腸の働きと子宮や女性ホルモンの関係もどこかで微妙につながっているのかもしれません。そんなことも時折ありました。しかし、晩年の母は殆んど「快便」を経験したことがありませんでした。

そして昭和六十一年一月初め、母は三郷団地内の肛門科を訪れ、やはりレントゲン写真を撮ります。この時もむしろ明るいほうへの希望を託してのものでした。しかし「これは難しい病気だ」とだけ言われ、親類の病院に戻されます。この「難しい」が何を意味するのか、この時の医師同士の会話がどのように進められたのかはわかりませんが、ともかく医師の従兄は、慈恵医大の付属病院で手術したほうが望ましいと勧めます。そして一月二十一日入院、二十七日手術という予定となったのです。

母の入院の日、偶然にも浦和のとある食堂で弟とバッタリと会いました。市役所勤務の弟は県庁へ用事があっての帰りでした。あまりにも偶然であり、それが母の入院の当日というのも何か目に見えない不思議な運命を感じました。しかし、その時、「おふくろは今日入院した。まあ大したことはないと思うけど、何かあったら連絡するよ」と言っていた弟の言葉が、その後の状況と比較され、私にとって悲しい思い出となるのです。その頃は誰も母の病気がそれほど重大なものであるとは考えていませんでした……。

慈恵医大病院では、さっそく新たな精密検査が始まりましたが、一月二十三日、医師はレントゲン写真を見るなり叫んだそうです。

「このまま放っておくと二、三日中に腸閉塞か腸捻転を起こして死ぬ！」

二十七日予定の手術は急遽二十三日に繰り上げられ、母は開腹手術をし、人工肛門（ストマ）を造設することになりました。

私がそのレントゲン写真を父から見せてもらったのは、それから五ヵ月ほどが経ったずいぶあとのことです。何も知らず向こうの部屋で寝ている母を意識しながら、父が私に押入れの奥にしまってあったレントゲン写真を見せながら言った低い声は忘れることができません。

「お母さんの腸はな、いいか、こんなにも細くなっちゃってていたんだよ」

本来なら人間の大腸は直径五〜七センチもあるというのに、それが五ミリほどにまで細くなってていました。これはいったいどうしたことなのでしょう。「母の腸はこんなにも細くなってしまっていたのか……」と思いつつ、私はその非情な写真に見入っていました。黒いフィルムの中には、白い二つのこぶを持った部分と、その下につながる鉛筆の直径にも満たないほど細くなってしまった大腸。その箇所は下行結腸の下の部分だったと思います。そういえば、よく母は言っていました。

「浣腸をしても容易に便が出ない。そこまで来ていないのよ。そこまで来ていないのだから、どうにも効き目がないの。私は出ないことになっているのよ。お医者さんにも『こんな頑固なのは見たことがない』と言われたのよ」

直径五ミリ程度の極細の腸になってしまっているのでは、浣腸しても便が出るはずはありません。申し訳程度に出る兎のような便は、きっとこの細い腸内を通ってくるせいだったのでしょう。

人工肛門のショック

人工肛門（ストマ）とは、大腸の一部に炎症、潰瘍、腫瘍があってその部分を取り除いたあと、腸の切断端を腹壁に縫いつけて、便の排出口を生来の肛門からお腹の穴へと替えたものを言います。このストマは、病気が治れば腸を元の状態に戻す一時的人工肛門と、生涯ストマを保有する永久人工肛門とに分けられます。残念ながら母の場合は、永久人工肛門となってしまいました。

しかし、当の本人の母は何も知らされずに開腹手術を受けたため、麻酔から覚めたあと突然、左腹の脇に赤い肉塊を見つけたわけです。大変な衝撃を受け、そのショックがあまりにも強く大きく、泣き伏してしまったということです。手術後、父からこんな電話がありました。

「お母さんの手術は終えた。人工肛門にした。でもな、お母さんが麻酔から覚めて、『私はこれで一生過ごしていかなければならないのだろうか』と泣かれちゃってな。困っちゃったよ。いずれまた腸と腸を縫い合わせて中に入れるようになるからと言っておいたんだ。……泣かれちゃって、本当に可哀相だが、そうしなければ命が持たないというのだから、仕方がない」

父は毎日病院に通い、そのたびに私に電話で病状報告をしてくれました。あまりに足繁く父が通うので、病室の他の患者さんたちは感心していたようです。

「すごい熱心さですね。うちの主人など、とても毎日など来てくれませんよ。それだけ愛してらっしゃるし、心配なのでしょうね」

父は照れていましたが、疲れるとか大変だとか言う前に、足が勝手に病院のほうに向いてしまうようでした。それほど術後の経過は微妙で、油断できないところを動いているようでした。一方、私はその頃、妊娠十ヵ月近くになっていたので、外出もままならない状態でした。

病室の母

手術後三日目にようやく病院に行けた私が目にしたのは、かなり痩せて黄色くなってしまった母の顔でした。「ああ、よほど苦しかったんだろうな。こんなにも痩せてしまって」そう思うと涙がどっと溢れ、辺りかまわず大声を出して泣きたい気分になりました。それをなんとか抑えて、力ない母の手を握り、言葉をかけることができました。しかし母の声は小さく、聞こえるか聞こえないかです。それでも母が「よく来たね」と言ったのが聞こえた時、私はついにこらえ切れず、大粒の涙をどうにも抑えることができませんでした。

点滴が肩の静脈から入れられているのが痛々しく、いやに黄色い顔色が気になります。これは輸血による黄疸症状なのですが、それにしてもいやに黄色いのです。手術すると決まった時、母が電話で言っていたことを思い出します。

「仕方がないけど、手術することにしたの。本家の先生も手術して悪い部分を取り、一日も早く健康体を取り戻したほうがいいと言うから、そうすることにしたの。でも六十六歳のこの痩せた体で手術したら、死んじゃうんじゃないかしら?」

実際にこの時、母はかなり衰弱していて、貧血状態もはなはだしかったようです。そんな体力のない体にメスを入れて多量の出血をすれば、ますます体力を落とすことになります。貧血の人に手術をする時は、まず血を増やして手術に耐えられるまでに体力をつけてから行うといいます。しかし、母にその時間はありませんでした。それ故に輸血しなければならなかったのです。その輸血とても、最近はエイズやB型肝炎などの悪性の血が混じっていることがありますから、それを輸血されたらたまったものではありません。母はそれも心配していました。

いやに黄色い顔は輸血によるものの他に、肝機能が低下していることも示しているようでした。病院のベッドに点滴で鎖のようにつながれ、まさに釘づけになっている母の姿は、まことに哀れでした。しかも母の病室は三人部屋で天井が低くて狭く、それぞれのベッドはカーテンで仕切られているだけ。手術直後のうめき声や苦しむ気配はもろに聞こえてしまい、隣にいる人もそれを聞くのは耐え難いことであったと思います。

母の右隣は六十歳くらいのOさんという女性で、胆石の手術をされた人でした。左隣はMさんという五十歳くらいの女性で、潰瘍性大腸炎を患い、将来は大腸全摘出を行い小腸と肛門を繋ぐ手術も辞さないという大変な方でした。しかし性格のさっぱりとした元気な人で、何かと母を勇気づけてくれていました。

長い入院生活中には、狭い病室の中で欲求不満やストレスがたまり、両脇の二人は何かが原因で大喧嘩になったこともあるということでした。不自由な痛い体を抱えながら、一方で何かと周りに気を遣い、落ち着いて寝てもいられないこともあるということでした。個室という手もあるでしょうが、お金ももちろんかかりますし、孤独感からかえって悲観的になるからよくないのではないでしょうか。

胆石手術をされた方は母より先に退院されましたが、母の手術後に私が初めて病院を訪れた時、次のように教えてくださいました。

「あなた敏子さんて言うんですか？　手術した晩ね、『トンちゃん、トンちゃん。痛いよ、痛いよおー』って盛んに言ってましたよ。よほどつらかったんでしょうね。『トンちゃん、トンちゃん』ってずっと言い続けていましたよ」

これを聞いて私は大変胸が痛みました。私の出産の時は、一晩中ずっと傍にいて寝ずに見守っていてくれた母なのに、逆に私にはそれができなかったのです。

母は私が小さい頃から「トンちゃん」と私を呼んでいました。母が電話をかけてくる時は、いつも最初は「トンちゃん？　私」で始まります。その声は今も新鮮なままで私の耳元に温かく、優しく、血が通って残っています。

また、このＯさんという方は私に次のようなこともおっしゃいました。

「あなた、今、妊娠してらっしゃるんですよね？　もうじき生まれるんですか？　女の人って妊娠できる時が一番幸せだと思うわ。もう私みたいな年じゃ、そうしたいと思ってもできないもの。昔が懐しいわ。私にもそんな時があったんですものね。とにかく女の人は妊娠できる時が花よ。だから、あなたは、今が一番幸せなのよ」

私の身動きができない程、苦しく重いお腹も幸せを携えたお腹と映ったのでしょうか。そう言って下さった言葉が印象的でした。しかし、このお腹の膨らみが半年後の母の上に重なろうとは夢にも思っていませんでした。それは全く意味は違いますが、癌性腹膜炎という形で。

それから一週間後の土曜日、私はまた病院を訪れました。臨月の大きなお腹を抱えての病院通いは、途中の電車の乗り降り、階段の上り下りと、危険な箇所はたくさんありましたが、なんとか切り抜けて病院に着くことができました。きっとお腹の子が私を守ってくれていたのでしょう。

母は一週間前よりだいぶ顔色も良くなり、ベッドから起き上がって、病院食も流動食から普通食へと変わっていました。もっとも、点滴しながらの食事はおいしくないだろうなとは思われましたが。そして、ベッドの上り下りもできるようになり、点滴器具をつけながらもトイレに行くこともできるようになっていました。

そんな体にもかかわらず、ベッドの前には乳液や化粧水の瓶が置いてあり、こんな時でも美容に気を遣う母の、美しくしていたいという気持ちがいじらしく思えました。実際は使うどころではなかったと思いますが、それは命の守り神であったのかもしれません。

私が帰る時は、点滴器具をつけながらトイレの所まで見送ってくれました。お腹がひきつって痛いのか、足を引きずるように身をかがめて歩くので、一回りも二回りも体が小さく見え、黒っぽい蓑虫のような感じに思えました。

私の長男出産

腸閉塞でこのまま放置しておくと命が危ないという状態からは脱して、命はなんとか持ちこたえることができたということは、不幸中の幸いであったと言えるかもしれません。しかしこの間に私の出産が迫り、私は母の見舞いにも行けなくなると同時に、長女をどこで預かってもらうかという問題が出てきました。

私は自分の実家で預かってもらおうと考えていましたが、弟のお嫁さんの京子さんも、預かってもいいと言ってくれました。しかし、京子さんにも三歳と生後四ヵ月の二人の子供がいるから、さらに他の子供を預かる精神的、体力的な余裕はとてもないと、弟の強硬な拒絶がありました。しかも、母が入院しているのでとても子供は預かることができないという、父の強硬な反対にもあってしまいました。特に父の反対はものすごいもので「子供は児童相談所のような所に預ければいいのだ」という、その異常なまでの拒絶は、母の病状に対する父の精神的ショックがあまりにも強烈だったためでしたが、その時の私は知る由もありませんでした。というのも、父は母の本当の病状を、出産間近の私に知らせることを控えていたからです。そんなことなど全く知らない私は、あまりにも強く拒絶する父を恨んでいました。

やむなく、長女は親切な夫の妹・油井美枝子さんの所で預かってもらうことになりました。場所はやや距離のある柏市ですが、預かってもらえるということが決まった時は本当にありがたいと思いました。

　また私の出産期間中の病院では、派出家政婦の方に面倒を見てもらいました。母がいてくれたらと願っていましたし、甘えたいと思っていたのですが、それは不可能なことでした。でも家政婦の方が親切にしてくださったので、本当にありがたく、助かりました。

　私は産院のベッドで天井を見つめながら、母のことを案じていましたし、母も私の出産のことを気にかけていたのでしょう。「お母さんが行ってあげてほしいと言うのでね」と父が訪ねてきてくれて、大変うれしく思いました。子供を預けることは、あれほど強く拒絶しても、親は親なのだなと、じーんとくるものがありました。

　それにしても、私が出産する時は、いつも誰かが倒れるという因縁があるようです。長女の時は義父が、長男の時は母が。ですから私はいつも落ち着いて子育てができず、自分の体を休養させる余裕もなく病院通いをするということになるのです。これも何かの因縁なのでしょうか。

大手術の末の早い退院

　その後、母は体力が少しずつ回復し、病院の公衆電話から、産院を退院した私の所に四、五回電話をしてくれました。

「トンちゃん？　私。今日、教授回診があってね、しばらくは人工肛門で過ごしてみましょうと言われたの。腸と腸を繋ぎ合わせる手術はまたお腹を切らなければならないし、かなりの体力が必要らしいの。今は体力がだいぶ弱まっているから、まだ手術はできないらしいの。私もずいぶん悩んだけど、このままこれで我慢することにしたの。もうお風呂にも自分で入れるし、なんとか良くなってきたみたい。だけどこの間、輸血の時ね、ガタガタガタガタ震えちゃってね、止まらなくなっちゃったの。とても怖かったわ。でも隣の人が大変心配して先生を呼んでくれたりして、なんとかおさまったの。きっと同じ血液型でも合わなかったんでしょうね。トンちゃんは何型？　私はO型よ。そう？　やっぱりO型なの？　輸血も合わないと怖いわね。でもね、今のところ落ち着いているから安心して。あっ、十円玉がなくなる。また電話するわね」

入院中は輸血の時の異常な戦慄以外は、特別な異常事態は起こらなかったようです。そして、三月一日には外泊が許されて三日間自宅に帰り、雛祭りを祝うという機会にも恵まれ、その六日後の三月九日には、入院から四十七日目にして退院することになりました。大手術にしては、四十七日間というのは短かったかもしれません。そのことは母自身も少し納得がいかないようなことを電話で話していました。当時、大腸切除、人工肛門手術の場合は三ヵ月くらいの入院が普通のようだったので、母は医師の退院許可に疑問を感じていたようでした。

「先生がね、『もう人工肛門の処置にも慣れてきたでしょうし、病院ではするだけのことをして、あとは毎日同じことの繰り返しですから、だらだらと病院にいるより、家に帰ったほうがいいでしょう』と言うの。私はそうかな？　と思ったけど、それでいいのかなとも思うの。だから三月九日に退院することにしたの」

結局は、病気が治癒回復の方向に向かっていることの証明と信じていたようでした。

私と夫は母の退院の前日の三月八日に、三歳の娘・奈緒子と生後一ヵ月の赤ん坊を連れて病院を訪れました。その時の母の明るい、希望に溢れた顔は忘れることができません。ベッドの周りはすでにきれいに整頓されていました。

母の闘病日記、一

母は入院期間中、手術後の痛みや苦しみと闘いながら密かに闘病日記をつけていました。これは母の死後、納棺にあたって遺品の整理が行われた中から出てきたものです。この日記を読みますと、母は明るいほうに望みを託そうと努めていたことがわかります。そして、最後まで俳句を作る意欲を捨てなかったことは驚きです。同時に、あの時こうだったのか、母はこんなふうに感じていたのかと思い当たることもたくさんあります。では、その日記を紹介しましょう。

一月二十三日　手術
わが胸のいつふくらむや寒雀

黙す日は想ひ湧く日よ寒雀
蒲団　布団
湯婆
寒日和
電車音遠のく夜ふけ

一月二十七日
午後　人工肛門を開ける
夜寝静まる頃胃痛腹痛に歯をくいしばり
いつになったらこの痛さ取れるものか不安
毎日心配して主人来てくれる。ありがたい
知ちゃんの顔がちらつく。一緒に遊びたい
終電車遠のく　寒廊下

真夜中の点滴さげて　寒廊下
痛む腹かかえ
うるむ夜景

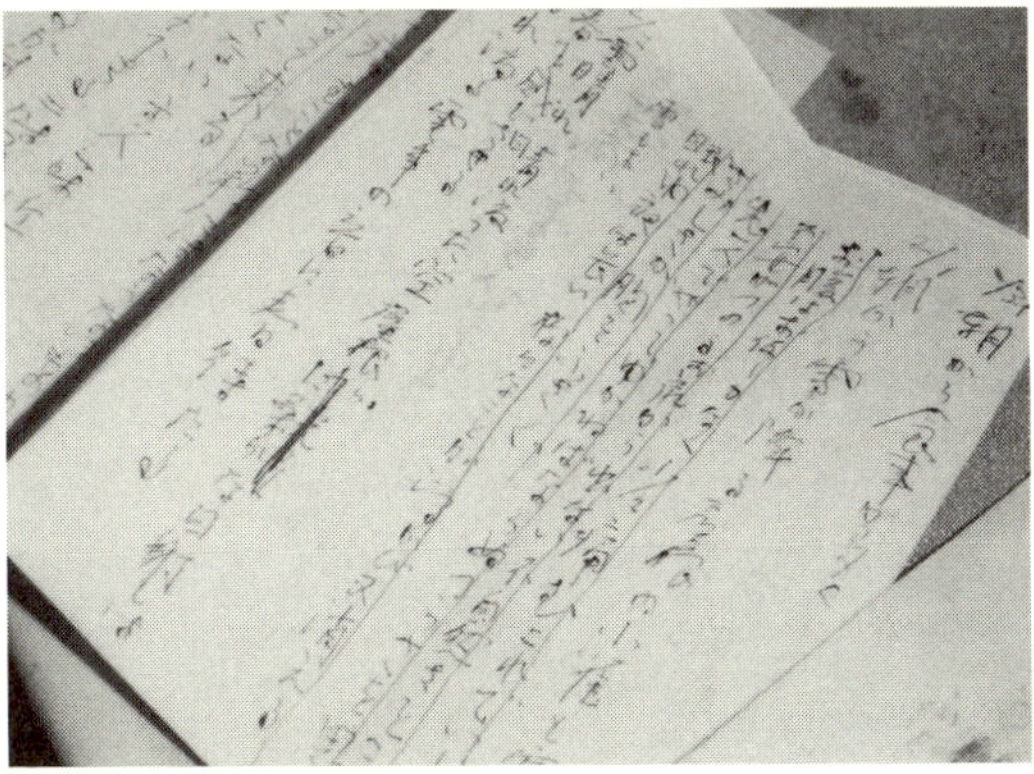
入院中闘病日記（昭和61年2月）

心なし
意くじなし
くよくよ
あきらめ
寒雀のぞく窓辺の朝の粥　患者食
ほしいもの何もなし
襟元うずき
病棟の谷間ひととび　管を滴りて　寒雀

一月二十九日
守谷の姉来る。主人は毎日来る。

一月三十日
うす曇　夜中　寝あせをかく。一時半頃お腹の袋を取替えてもらう。そのあと夜明まで眠ることが出来た。だが色々不安なことばかり考える。

一月三十一日

朝食三分粥、味そ汁、玉子、牛乳（パック）、キャベツ、これで体力を早くつけて元のお腹になる日が早く来ることを祈るばかり。

雨の窓　粥をすすりて
痛む腹　いたむ心の寒の中
時計の音のうらおもて
ただひたすらに　女の月日ふりかへる

二月一日
朝から雪が降る、屋根の小雀も寒そう。

お腹はお通じがなく少々痛む。これでいいのかと不安がつのる。お尻から出ない不自然さをこれから先一人でやってゆかねばならぬつらさを思う時さみしさが胸をふさぐ。

眠れぬ夜は長い。様々なことが浮かび又消える。雪もよい。

お父さん、知ちゃん、パパ、ママ、景子ちゃん来る。知ちゃん病院に少し馴れ、走り廻る。赤ちゃん大きくなりニコニコ笑う。可愛くなって抱いて見たかった。家族は有難い。

雪模様も上り天気よくなる。二月入った。寒もすぐあける。日も長くなって来る。梅二月であるが。

四時すぎ敏ちゃん奈緒ちゃん来る。大きなお腹をして遠い処大変なこと、涙がこぼれそう。敏ちゃんの出産もすぐなのに、娘はありがたい。何かと心配してくれて。

五時になり、帰りに励さんも忙しいのに来て下さる。よかった。もう少しですれ違いになるところだった。三人一緒に帰ることが出来てほんとによかった。

二月二日
眠られぬ夜もやっと明けた。人工肛門ではベンの出た感じはあまりないが、毎朝排便がある。病院だから仕方がないが看護婦さんにお世話になるなんて、みじめで情なくて涙が出そう。これも私の運命なのか？
五時過ぎ、立沢先生夫妻（従兄の医師夫妻）来て下さる。お花、カーネーション、かすみ草、ストックが美しい。

二月三日
朝、なか*、川面を照らし電車の行き交うを遠く眺め屋根の小鳥が喜々として飛びかう。

今朝は食事ぬき、午後又、手術室にて人工肛門をきれいにする。

一時半頃、主人来る。奈緒ちゃんのことも油井さんで預って下さるとのことで主人も私も安心する。

三時半、肛門処置のため手術室にゆく。痛くはなかったがパチパチ焦げくさい匂いがして、治療している様子だった。

部屋に戻ったのが四時だった。車に乗って来たせいか、頭が少し痛む。夜の食事は美味しく頂くことが出来た。＊「朝なか」の意か、あるいは「中川」のことかと思われる。

二月四日
今日は教授回診の日。塩入先生から「これから治療がまだあるのだから、気長に心をかまえていなければ駄目だ」と言われる。
立春の日はおもいなしかおだやかに窓辺をつつんでいる。
早春の川面かきわけ船上る
立春のひかりよび込む　窓あかり
患者食　色鮮やかに　冬苺

二月五日
朝日がきらめき、中川の川面が光っている。
回診で塩入先生が大分よくなってきていると、何か鋏で糸を切っていた。見たい、肩に注射する。
外は風もなくおだやかな日和のようす。小鳥が白い屋根を飛び交って餌をあさる。

二月六日
晴天、外は寒いようすだが部屋はまことに温い、食事もよく食べられて少し元気が出て来る、昨日も今日もお通じがないけど……これでよいのか、明日先生に聞いてみよう。
敏ちゃんに電話をして留守。七日の入院だけど、今日入院したのかしら、心配。夜、もう一度掛けて見よう。

アトリエの深くとざされ　冬
手さげより柚《ゆず》匂ひ来る夕電車
日記また何もしるさす
大晦日
ふなおろしまないた晒《さら》す

げきろんの果てのしじまやだんろ燃ゆ
真白な雪をけなし
手袋をかさねて置きしコーヒー飲む
隣の見舞客多く真中の私はうるさい

二月六日　俳句
入選

保育所に残る竹やぶ笹子来る
海よりの日の明るさよあづきかゆ
初茜《あかね》どの山々も親しくて

冬のバラ窓なき地下のキッサ店
七草の粥たくほどの一握り
海なりのはるかにありて畑をうつ
窓明けて日のあかるさよ　寒明けぬ

二月七日
よく晴れ渡ってすがすがしい朝。中川の水面おだやかな動きが見える。
今日は検査日。十一時半、カン腹（浣腹）*中食ぬき。
＊著者注　おそらく浣腸して腸を洗浄することを言っていると思われる。
回診三保先生、注射二本うつ。
検査から部屋に帰っても右足は動かすことが出来ず苦痛。お腹を色々したためか、膀胱がおかしく
おしっこを便器にするにも苦しかった。
看護婦さんに夕食を少し食べさせていただいたが、急に気分が悪くなり吐いてしまった。

つらい夜は長かった。

敏ちゃん男子出生との電話をうけ喜びにたえない。一姫二太郎でほんとによかった、おめでとう。

二月八日
今朝はまだ回診までは右足が動かされず、雪景色を起きて見ることが出来なかった。

十時半頃、三保先生の回診によりやっと足が自由になってよかった。

中食はあまり食べたくない。ご飯1／3程食べる。

二時過ぎ、知ちゃん、パパ、ママ、あーちゃん、お父さん、来て下さる。アーちゃんの大きくなったのにはびっくり、高笑するようになって可愛いこと。浦和でも赤ちゃんが生れ、孫四人となる。早く元気になって遊んでやりましょう。

二月九日（日）
お天気が続く。川面が対岸の枯あしを映して早春のいぶきが感じられる。
肛門の取り替えも今まで看護婦さんまかせでも、そろそろ自分でも出来るようにならなくては。初めてみる人工肛門、未だ肉がもり上って真赤でびっくりした。これで、肉がもっと低くなり、すれて痛むことがない様にはならないものか、又色々心配になって来る。
ご飯あまり食べたくない。主人、一時近くお出になる。みかんを買って来て下さる。二時過ぎに励さん来て下さる。男の子が生れてとても喜んで居られる。

二月十日　晴天

空はあくまで晴れ渡り、ベッドの上で点滴を見つめている。なんて情ない。思いきり身体を伸ばし、大気を吸いこんだらどんなに気持がよいことか。

病院の午前中は忙しく、六時検温、八時過ぎ朝食。一休みするとベッド掃除が来て、又、点滴が始まり、十一時半頃までかかる。未だ胃のあたりがむかむかして食欲がない。山本先生が二、三日でなおるとおっしゃったけれど……。

お父さん三時頃来て下さる。浦和から廻って来たのだから大変でした。ご苦労さまでした。敏ちゃんも回復しつつあり元気とのこと。安心する。私も赤ちゃんが見たい。

二月十一日　曇

雀が屋根の角にたむろして、餌のありかをさがしている。外は寒そう、又雪でも降るのかも知れない。家に電話する。知ちゃん、風邪をひいているとか、今日は寒いから、家で温くしているように……。

祭日であるし面会客も多く、両隣人が入りにぎやか、食欲がないのはアンギオ*のためらしい。肛門の取替えも何とか一人で出来そう。

＊アンギオテンシン（血圧上昇作用を持つポリペプチドで血圧上昇兼維持

調節剤）のことのようである。

二月十二日

東の空が紅に染まり、美しい夜明けでした。

赤い電車が川面に影を落して通りすぎて行く。外は寒いらしい。病院に居るとぬくぬく温い部屋におられる点、有難いけれど、家に帰ると馴れるまで風邪でもひかぬ様、気を付けなくてはならない。

今日の回診は塩入先生でもう風呂に入ってもよいとか。午後、主人来て下さる。この頃、知ちゃんがおじいちゃんと一緒に下の部屋に寝るとか。おじいちゃんもさみしくなくてよいでしょう。

　手術日の廊下せわし寒廊下
　雀とぶ　屋上広場の風寒し
　洗い物　風になびくや

二月十三日

早春の日ざしが窓いっぱいに射しこみ、さくら草、シクラメンが彩どりを競い合っている。病院の内は温い二十三度と寝巻一枚で歩いている。

稲村の兄と姉、守谷の姉が見舞いに来て下さる。守谷の幸子ちゃんのご主人が車で一緒に。兄も元気そうでよかった。八十二歳になったのかしら？

義姉の方も白内障で、目の手術をして見えるようになり、眼鏡を掛けているけれど、不自由はない様子。年をとると色々その人それぞれに悪いところが出て来る。私もくよくよせずに頑張らなくては。

二月十四日　曇

長い夜もようやく空がしらみ始め、急行電車が遠ざかっていった。今日は請求書が来たため、主人が支払いに来て下さった。あとどの位、入院生活続くものか。未だ色々お聞きしなければ帰れない。

点滴の一滴長し

幼子の見舞い

二月十五日　曇のち雨

昨夜から肩の注射がばかに痛む。左の手が上らない。朝から頭痛で熱もすこしあり、気分が悪い。人工肛門より浣腹する。一回では出ず、二回やり、やっと少し便が出る。熱さましの坐薬をお尻から入れる。夕食は大分食べることが出来た。せっかく知ちゃん始め、みんなで来てくれたのに寝たきりの状態で、お話もあまり出来ず残念だった。

二月十六日　晴

窓から見る朝の様子は気持よく晴れ渡った大空。風が木々をゆさぶって寒そう。赤い電車がすべるように発車して行く。中川も水面がきれいに見える、すがすがしい朝。

昨日の熱も下り、今日は気持よくなる。便も少し出ていた。家に電話をして一階の売店まで新聞を買いに行く。階段を上り下りして少し運動になったかな？

二月十七日　晴
六時二十八分頃、四階から見る東の空、朝日が昇り始めた。真赤な太陽、何と素敵なことか。見る見る中に全ようを照らし、窓を染める。

今日の回診は塩入先生だった。私の場合、悪性ではないけれど、長期に渡る治療が必要とのこと。慎重にやらないと、又、元の様になり兼ねないと先生はおっしゃる。

家に電話したら、お父さん風邪を引いて鼻声で苦しそう。昨日、浦和の方から廻って来たりしたから、おつかれになったのでしょう。ゆっくりとお休み下さい。

輸血する憂きひと日なり雪はげし

二月十八日　雪
昨日の午後輸血する。始めはよかったが夕食になって少し食べ始めた頃、急にふるえが来てどうにもならない苦しみがおそってきた。がたがたふるえ、足のこうちょく、寒気、どうしてよいか分らないが一時間続いた。湯たんぽ入れたり、氷枕をやったり大変だった。血の落ちるのが少し早かったらしい。恐ろしいものだと思った。
今日は雪、大分降っている。夕方まではかなり積る様子。七時頃、主人来て下さる。風邪をひいていることだが、割合と元気だったのでよかった。今日はショックがないように。

二月十九日
朝の中はまだ大分雪が降っていた。京成電車がゆっくりと徐行運転をして行く。一昨年の二月も大雪が降ったことを思い出す。江戸川の土手も大分積り、きれいな雪景色のことでしょう。
知ちゃんも雪を見て長靴をはいて、ママと庭に雪ダルマでも作ったかしら。
塩入先生がお出になって、そろそろ外泊して様子を見るとのことだった。一ケ月ぶりに家に帰れる。午後から夜にかけて輸血のため電話をすることも出来ない。雪はやみ、日が射して来た。

二月二十日　晴のち曇
雪解の道が次第にうすれて屋根の雪もすっかり解け、早春の日が心地よい。午後になってお父さん来て下さる。労れ（疲れ）目か何かしら目が痛いと言っている。色々心配ばかりかけて申訳なく思っている。私も早くよくなりたい。

二月二十一日　晴

さわやかな朝を迎える。茜色の空に鳥の群が飛び交ってきれいな雲が流れてゆく。まだ屋根にうっすら雪が残っている。輸血を三日もして赤血球はよくなったが、白血球がまだたりないので、点滴が続くと先生がおっしゃる。

干しいかのような点滴袋二十枚、五分たらずで一枚終り忙しい。点滴又明日もつづくとはいやになる。

二月二十二日　晴

暖い日射がやわらかく伝って来る窓辺。外も今日は春の光がみなぎっているみたい。回診は塩入先生、大分お腹の調子も良くなってきていると言って下さる。ただ血小板の点滴のするめのような小さな袋が、又午後から始まる。五日もやらないとだめ。辛抱しなくてはならない。

敏ちゃんも今日退院出来る。ほんとによかった。これで奈緒ちゃんもママの処に帰れるし、忙しくなるけれど、二人のママになったのだもの、頑張らなければならない。どんな赤ちゃんか、私も早く見たい。

三時頃、お父さん、知ちゃん、パパ、ママ、景子ちゃん、皆《みんな》で来てくれる。赤ちゃんのたまに見るたび大きく可愛くなってくる。知ちゃんもお兄ちゃんらしくしっかりして来た。

皆が帰って間もなく励さんが来て下さる。赤ちゃんも退院したし、これから柏の油井さんのお家に奈緒ちゃんを迎えに行くとのこと。明日は親子四人そろって奈緒ちゃんもママの元に帰り、どんなにか喜ぶことでしょう。

二月二十三日（日）　晴

雀の声に目がさめる。六時の検温の時間、三六・二℃。日曜は体重測定、心持ち増えたと思っていたら、着物のままだけど三十九kgになっていた。二kg近く増えている。回復して来たのだ。元気を出そう。

病院も日曜日は何となくのんびりとしている様子。廊下もまだ見舞の人もさほどでなく静かである。

午後のするめ点滴も今日はお休みとのこと。のんびり出来る。

午後二時過ぎ、守谷の二姉妹、幸子さん、あき子さん、出《いづる》さんの奥さん、三人が見舞に来て下さる。十年位お会いしていないかも知れない。皆、素敵な奥さんになって幸せそうでよかった。うれしかった。

二月二十四日　晴

一番電車の音に遠くから春の足音がひびいて来る感じがする。人工肛門のあつかいにも少しずつ馴れて、これも自分の身の一つと思い、始末することも何でもなくなって来た。体調も日に日に良くなって来ている。二、三日中に外泊が出来ると塩入先生が今朝やって来ておっしゃった。

午後からまたするめ点滴二十枚。少し左の腕、脇下なのか、かゆくなる。お父さん来て下さる。

二月二十五日

足のむくみ、ドテが餅を付けたようにふくれてしまった。血小板の点滴も今日でやっと終った。

二月二十六日　晴

電車の音にも春めきを感ずる今頃、中川も眠りからさめ、おだやかな朝を迎えている。昨夜から急におしっこの回数が増した。次第にむくみも取れるかと思うけど、太ったのでなく全身にむくみが来ているのだと思う。

薬により小水が多量に出て、トイレに点滴の棒を押し幾度となく。足の方はむくみが引いて来た様だけれど、肢の方がふるふると重たくさがっている。少々だるい。お父さん来て下さる。三度目の支出となる。この土曜日には家に帰れる。それまでにむくみを取らなくては……。

二月二十七日　曇

昨夜はトイレにひんぱんに行くため、寝不足かな、頭が重い。昼頃、気持が悪くなる。おしっこをよく出すのはよいけれど、あの薬のためではないかと思われる。むくみも少しずつ取れて来たので、明日は飲まない方が良いと考えられる。

二月二十八日

朝一面の銀世界にびっくり。でも春の雪は間もなく止み、たちまち消えていった。風にのる淡雪、雀がすかさずとんでくる。早春の朝らしい一風景。まだ腰の方にむくみが残っているけれど、今日思いきって風呂に入って来る。ザラザラの足を洗い、腕や背中を少し洗い、湯舟につかって気持よくなり、さっぱりする。

三月一日（土）

春三月、いよいよ春も本番となり、草萌ゆる季節がやって来る。やっと退院の日も近くなってうれしいけれど、これからの健康状態に注意した生活をしなければならない。自分の余生をだいじにして、家族のためにも何らかやくに立って、明るく生きることを心掛けたいと思いながら晴れた空を心ゆくまでながめる。

三月二日（日）

久しぶりに家に帰って家族での夕食。まだ自分のそんざいが宙に浮いているみたいでたよりがない。けれど元の生活にもどれる様頑張らないと……。

すてきな雛壇《ひなだん》には、立派な内裏さまが笑みをたたえたお顔をして、官女の白い顔が又よい。いつまで見てもあくことのない雛の顔、ちらしずしでお祝をするよきひな祭。

初子
白酒のまろぶ今宵のひな祭
ぼんぼりのゆらく雛壇　紅の菓子
京菓子にゆらぐぼんぼり雛の壇

三月四日
三泊の外泊もまたたくまに過ぎて、今日は又病院にもどる日。知ちゃんに送られて二時半頃、タクシーにて病院に。隣のベッドにいた小栗さんが退院なさって、もうそのあと佐藤さんと言う人が入っていた。村上さん、相変らず痛い痛いと言っている。

三月五日　曇
点滴も腕に針をさすと痛い。今日山本先生がやって下さったら痛くなかった。夜、小さいのがもう一本だったけど、先生に言ってやめることが出来た。

三月六日　晴
午前中点滴をする。随分長い間、点滴ぜめだったけれど、今日が最後と思われる。そろそろ退院も出来そう。午後、主人来て下さる。背広をきちんと着こなして、おしゃれして来る。木曜日は手術日なので塩入先生にお会い出来なかった。

三月七日

春の朝、静かに上って柔らかな光が窓辺を通して身近に感ずる。寝てばかりいたので、まだ足がしっかり地に付かない。まだちょっとふらつく。でも点滴もなくなり、食事だけしているのだから、退院しても大丈夫だと思う。

三月八日　晴

外は風はまだ冷たいだろうが、日射もやわらか、胸いっぱいに大気を吸い込んで歩いて見たい。窓から見る中川もおだやかな流れに。小舟が通り、岸辺には猫柳もあるかもしれない。今日は土曜日、たいくつな時間である。屋上にゆく。風もなく中川がゆったりと流れ枯あしが。

第四章　母は癌だった

母を襲う戦慄

母は昭和六十一年三月九日に退院し、あとは自宅で療養、一週間に一度、慈恵医大青戸病院に通院することになりました。入浴も自分で自宅のお風呂でできるようになりました。

母に電話をすると、いつも心配かけないようにか、「大丈夫。私は大丈夫よ。赤ちゃん大変でしょう? 今は寒いから、赤ちゃん連れて外に出るなんてとてもできないから家にいなさい。お父さんもいるし、賢一(弟)も京子さん(弟の妻)もいるから大丈夫よ」と言うのを、私はそのまま素直に受け取っていました。

しかし、母は三月十六日に右脇腹を激烈な痛みに襲われて吐いてしまっていたのです。痛みは鎮痛剤の注射でなんとかおさまったようですが、それからどうも体調が思わしくなく、四月三日に父と共に慈恵医大青戸病院に出かけました。思わしくない体を押して朝八時半までに病院に行かねばならないことは大変苦痛なことだったでしょう。車の渋滞にも、神経が相当イライラさせられます。大学病院のような大きい所は、「待ち時間二時間、診察二分」などと揶揄されることもありますが、そのあっという間に終わる診察を受けるために遠くから朝早く出かけていくことは、重病人にとっては命がけですらあります。

それでもなんとか診察を無事に終えて、帰りに常磐線金町駅前のスーパーに立ち寄ったそうです。母は以前、スーパーの冷凍庫の前に行くと、冷気で便秘も治ると言っていました。ところがその時、魚売り場の大型冷凍庫の前に立つと、母は突然、激烈な戦慄に襲われてしまったのです。

それは輸血の時の戦慄のように、大変恐怖に満ちたものであったといいます。父は、母がその場で死んでしまうのではないかと思ったようです。慌てて救急車を呼ぼうとしましたが、母が「なんとか大丈夫だから」と言うので、二階にある中華料理店まで歩いて行き、そこの親切な取り計らいで畳の部屋に寝かせてもらうことができ、三十分ほどで戦慄はおさまったといいます。

いったいこの戦慄はなんだったのでしょう? 強烈な冷気に衰弱している体が敏感に反応したのか、それとも病院での診察の過程に何か原因があったのか……。これを聞いた私は、ただごとではないと思い、母の退院後、初めて実家を訪れたのでした。

父の告白

生後一ヵ月の赤ん坊の世話は、ミルク、オムツ、沐浴、そして真夜中に二、三時間置きに起こされることから、私の肉体的疲労は大変なもので、一日が全て赤ん坊にのみ集中して終わってしまいます。ふと気がつくと、「ああ、母は退院してどんなふうに過ごしているだろうか」と考え、早く見舞いに行かなくてはいけないと気にしてはいました。ですから、暖かくなって赤ん坊にも寒い風が当たらないような時期になったら、いち早く行こうと考えていました。

しかし、実際はそんな気やすいものではなく、生後二ヵ月のまだ壊れそうな赤ん坊を抱きかかえ、三歳の長女の手を引きながら、私は四月五日にようやく母の退院後初めて実家を訪れたのでした。外は桜が咲き始め、空気もだいぶ暖かくなってきていましたが、まだ首のすわっていない赤ん坊を抱いて出かけることは、大変な冒険でもありました。

実家に着くと、暗い部屋に寝かされていた母は私の予想以上に悪い様子で、熱があり、呼吸が荒く、苦しそうでした。風邪によって軽い肺炎を起こしているといいます。三月八日の退院前日の、あの明るい笑顔はどこへ行ってしまったのでしょうか。それに、指の爪の全てが赤黒く変色していて、これは輸血の後遺症か肝臓の悪化によるものでしょうか。

そして、父が二階へ私を連れていって、吐き出すように言った言葉は、全く信じられないものでした。

「もうお母さんはダメだ。ダメなんだよ」

この時初めて父から告白されたのです。母が大腸癌であり、肝臓にも転移していて、もう全く望みがないことを。

やはり癌だったのか……。私も母の訴えを聞くたびに、もしかしたらそうではないかと思っていたのです。いつだったか、私が母に着物を着せてもらう時、母が帯を締めようとふと自分の体を私に近づけようとした時、その胃腸のゴロゴロと鳴る音が聞こえ、吐く息も異様な臭いを発していたことを思い出します。

「一体、これは何なのだろう？　何か悪い病気でもあるのだろうか？」と妙に不吉な予感がしました。

今にして考えるとこの頃から既に深刻な癌が始まっていたのかもしれません。また、この頃、母はよく「いつも胃がズンとして重く、食欲が出ない」と訴えていました。それは胃腸の循環が良くなかったからなのです。その結果、腸の中には長時間悪い排泄物が溜って不腐物となり、悪臭を放つということになったのでしょう。事態は深刻です。けれど実際に癌であると聞くことは、大変なショックでした。しかも母の大腸癌は相当進行性の強いもので、ほとんど希望のない退院だったのです。医師の説明は次のようなものだったということでした。

「命は持ってあと数ヵ月です。肝臓への癌の転移は栗まんじゅうのような状態になっていて、肺にも転移している可能性があります。人工肛門は、腸閉塞から命を救うために暫定的に作ったもので、癌は手の施しようもないほど広がってしまっていますから、治療しようがありません。こんなにひどくなっているとは思いませんでした。残された余生を、家に帰って、温かい家族の愛で包んで過ごさせてあげてください」

なんということでしょう！　なんのための手術だったのでしょう？　母は死ぬほどの痛い思いまでしているのです。もっとなんとか治しようがなかったのでしょうか。これでは完全に匙《さじ》を投げてしまったのと同じで、あまりにもひどすぎはしないでしょうか。私は怒りが込み上げてきました。

孫の初節句

しかし、母は四月中旬から下旬にかけて少し持ち直し、半年間の闘病生活中もっとも安定した時期になりました。次々と咲き出してくる花々に思いを託して、それらは唯一の自分の味方であるというような慰めを得ていたようです。この頃は、母からよく電話がありました。

「今、庭にチューリップがたくさん咲いていて、とってもきれいよ。去年トンちゃんからもらった球根も、クリーム色の花が最初は咲くようね。今のところはなんとか調子が良いみたいよ、だから五月になったら浦和に行くからね。それまで頑張るからなんとか待っていて」

言葉どおり、五月五日には父と二人して私の家にやってきました。そして、これが浦和の家に来る本当に最後の機会となったのです。

浦和に来るのがとても好きだった母。前にも書きましたがその一年前の三月にも、長女の雛祭りの祝いに父と二人で来てくれました。その日の母は大島紬にレンガ色の羽織、藤色の道行きコートを着て、とても素敵でした。親子孫水入らずの雛祭りは、早春の佳き日の、なごやかで幸せなひと時でした。赤い毛氈と段飾りの雛人形たちの雅びな雰囲気、この時、わずか一年後に訪れる母の癌告知や入院など誰が想像したでしょうか。

その日、母は心から喜んで帰っていきました。今でも雛祭りというと母の姿が浮かび、友貞久仁子さんの歌を思い出します。

今正に物を言わんとす雛の唇昔を語るや耳を澄ませり

母は外出時は必ずお洒落をします。しかもセンスはなかなかのもので、いくつになってもその心は失わないようでした。「女はいくつになってもお洒落心を失ってはいけないと思うの。年を取ったらなるべく赤い色を着て、若さを失わないようにしたい」と言っていた母。しかしあまり華美にすることは好みませんでした。私のお洒落がゆきすぎると「もう少し口紅を薄めにしなさい」と注意してくれました。

「特に和服の時は、薄化粧のほうが品がいいのよ。濃い化粧は毒々しくなるからやめなさい。大切なのは心の問題よ。どんなに外形ばかり飾っても、男の人の心は捉えられないわよ。男の人が求めているのは優しさ、心と表とが一緒になったようなお洒落よ、これが大切なことだと思うわ。ほら、外ばかり飾っても、靴に泥がついていたのでは台なしでしょ。そういうところって、意外と目立ちますからね」

近所にお使いに行く時でさえ、「口紅の一つでもつけて行きなさい、青い顔をして行くのは見た目が良くないから」と言ってくれた母。私はそれを忠実に守って、外出時はいつも口紅くらいはつけることにしています。「女の人はいくつになっても美しくしていなければいけない」というのは母の理想であり、生きる喜びでもあったような気がします。

しかし、私の長男の初節句に我が家の玄関に立った母は、一ヵ月前の四月五日に私が実家を訪ねた時より、またひと回り細くなっており、白っぽく陽炎のように頼りなくなっていました。それは、「全身の力を振り絞ってここまでやっと来た」と言っているようで、中心を失った不安定な一本の杖のようでもありました。ああ、無理だったのかな……と反省させられました。実際に母はこの日、南越谷辺りで胃が痛くなり、途中で何度も引き返そうと思ったそうです。けれど孫の初節句を見に行きたい一心で、なんとか痛みをこらえてやってきたとのことでした。ああ、なんということでしょう。

いつの間にか、奥の部屋で横になっている母の姿を見つけました。昼食に食べたお寿司の消化がきつかったのか、胃が痛み始め、どうにもこらえられなくなったそうです。薄い一枚の紙のように蒼白く細い顔。ああ、これは相当に悪いに違いない……私はそう思いながら迷うばかりでした。そして「お寿司のようなものではなく、何故、私はもっと柔らかい食べ物、おかゆやスープ、アイスクリームやプリンなどを用意してあげなかったのだろう」と悔やまれました。

この日は泊まっていく予定でしたが、それどころではありません。激痛がいつ襲ってくるかもわからない不安があり、主治医も近くにいない。そんな恐れから、母は夕方、父と共に帰っていきました。

俳句仲間の励まし

五月十七日、私は再び母の所に行きました。乳飲み子もいることだし、一ヵ月に一回の割合で出かけていました。母は自分で食事を作り、食卓で食べていました。味噌汁の具は大好きなさやえんどう。昼間は庭に出て、南瓜や茄子の苗の生長を見るのを日課としていたようです。

一緒に庭を歩いている時、母が突然、「肛門が抜けるように気持ちが悪い」と言って、お尻を突き出してじっと立ち止まってしまいました。肛門から血の混じった分泌液が出ているのです。従兄の医師からは、「分泌液は出たほうが腸のためには良い」と言われ、母は一応は安心しているようでしたが、それにしても、肛門が抜けるような不快感は言い表しようがないほどつらかったと思います。私にはどうしてやることもできず、母の訴えを聞くのは全くつらいことで、早くそれが通り過ぎてくれたらいいと願うばかりでした。

奥の暗い部屋で腹帯を解き、ストマの手当てをしている母の姿を見ると、心が痛みました。むごい運命を見せつけられたようで、罪の意識を感じたものです。でも母は私に人工肛門のある左腹を見せてくれました。それはピンク色の可愛いものでした。

この頃の母は来客の応対にも出ていて、ソファーに座って普通に会話をすることができ、泊まりがけで来ていた私がちょうど帰る日の五月十九日は、母の俳句仲間の一人がお見舞いに来てくださいました。近所の方で、私が小学校の頃、先生をしていた人です。私は直接教わったことはないのですが、頭が良く、親切で、しっかり者で、実家の商店の二階で句会や書道教室を開かれていました。母が癌であることを知っておられたかどうかはわかりませんが、「今度、四国へ皆さんと一緒に旅行に出かけましょう」と母を誘って励ましてくださいました。けれど母は「ええ」と言ったきり、それ以上は何も答えませんでした。今の自分の体の状態では、それどころではないと思っていたのでしょう。

自分の日に日に痩せ衰えていく体に比べ、たまに出席する句会で見る仲間たちの、健康美に輝くばかりの丸々と肥えた体。「俳句の人達は皆、太っていていいわね。私も一度でいいから、あのように丸々と太ってみたい」と口癖のように言っていました。「病気をしてみて初めて健康のありがたみをつくづくと感じたわ」とも言っていました。今まで入院を伴う大病を一度も経験したことのない母にとって、手術というのはまさに青天の霹靂の一大事件で、しかも手術後も体力は衰えていく一方です。丸々と健康的に太った体がどんなにかまぶしく、うらやましく見えたことでしょう。

健康な時は、来客を明るく優しく迎えていた母でした。思い悩んで暗く沈み込み黙りこくるようなことはなかった母でした。来る客ごとに、「この家は感じの良い家ですね。特に奥さんが良くしてくださるから」と褒められていました。以前、父の友人でちょっと俳優の佐分利信に似た男の方で奥さんを亡くされた方がよく将棋を差しに見えていました。その方は母にかすかな好意を寄せておられたようで、また、母もこの方がお見えになると着物を着て少し華やいだ雰囲気になってうれしそうでした。そういう人もいました。しかし、重症の癌に侵されてしまった身で、明るく快活にしなさいと言っても無理な話です。

「どうもこの頃ね、人嫌いになって困るの。あまり人と会いたくないの」

暗い沈んだ顔で、そう言うようになっていました。体のあちこちの不快感や痛みは、どうしても人間を陰性のほうへ持っていってしまうようです。毎日、布団に横たわって天井を見つめ、思うのは自分の体のこと、痛みや不快感、いつ訪れるかもしれない死の問題……それればかりを考えれば、悲観的に落ち込んで絶望的になってしまうのも当然のことです。

そうした漠然と続く不安な毎日の中に、自分と趣味を一つにする仲間が訪問してくれたことは、一時の明るい灯をともしてくれたに違いありません。

罪のこの身は……

私は五月十七日から三日間実家に滞在し、浦和に帰りました。帰る時、母は玄関まで見送ってくれ、握手を求めてきました。

「どうもありがとう。うれしかったわ。また来てね」

母は私の訪問に心から感謝してくれ、私は背中に赤ん坊をおぶって、母の手をしっかりと握りしめました。いずれ母のこの手も焼かれて灰になってしまうのだろうか……ふと思うと、いっそう握りしめる手に力が入りました。その握手は私に、「この苦しみをなんとかわかってほしい」と願いを込めているようにも感じられました。

しかし、母は何も知りません。いや、知っているのでしょうか？　自分は余命いくばくもないことを。それを思うと不憫でなりませんでした。今、母は悪魔の恐ろしい牙に襲われつつある一匹の弱き小羊そのもののようだと、私には思われました。なんと可哀相な母……。「また来てね」の言葉を聞いて、涙が出てしまいました。「また来るからね」と言うと、「うん」と、うれしそうに笑ってくれました。

私は、赤ん坊の背負い紐が肩に深く食い込んでつらかったのですが、これは母の苦しみの一つを背負っているのだと思うことにしました。イエス・キリストは人間の全ての原罪を背負ってゴルゴタの丘に登ってゆき、十字架にかけられましたが、母の癌は何ゆえの罪なのでしょうか。母もまたキリストのように、罪を背負って十字架にかけられようとしているのでしょうか。

讃美歌二五七番に、次のような句があります。

十字架のうえに　ほふられ給いし
こよなくきよき　み神のこひつじ
み救いあらずば　罪のこの身は
ほろびをいかでまぬがれん

そんなことを思いながら、私は武蔵野線を南浦和で降りて家路につきました。

母の闘病日記、二

母は退院して自宅療養をしている間も闘病日記をつけていました。ここでも最後まで俳句を作ろうという意欲を捨てなかったことは驚きですし、検温表を作っていたことも偉いと思いますが、何よりも日記をつける日がだんだん間遠になっていき、短いものになっているところに、母の苦しみを読み取ることができるように思います。では、その日記をご紹介しましょう。

三月九日　退院

やつと許可が出て、薬を沢山たづさい〔え〕て退院する。日曜日なのでお父さん、パパ〔私の弟〕、知ちやんが迎えに来てくれた。一路我が家へ。

一月二十一日に入院して四十七日間の病院くらし。今にして思ひ〔え〕ば、これで良かつたのかどうなのか分からない。おなかの傷あとを見るにつけ、人工肛門をつけて一生やつてゆかねばならぬ辛さなど考へると暗いせつない気持ちになつて終〔しま〕ふ。

だけどこれが私の運命かも知れない。精神的・肉体的苦痛を乗り越えて、早く元気を取りもどすことが大切だと思つて来た。これからの人生を、健康になつて家族のために動かなくては申し訳がない。お父さんもよく病院に来て下さつた。ほんとに有難うございました。京子さんにも大変お世話になりました。家に帰りしみじみ家族のありがたさをかみしめることが出来る。食事も進むようになり、安心した毎日が送れるようになつてきた。

三月十日

寝てばかりいた生活〔の習慣〕が未だ残り、一日一回は横になりたい。しみじみと鏡の前に坐つてみると、まだ病人くさい顔をしている。こんな顔ではお化粧などしてもだめね。さい*〔え〕ない。髪もすつかり元が白くなり、もさもさ。何としたものか。これでは人ぎらいになつて終ふ。元気が出たらパーマでも掛けましよう。プランダ〔ター〕のチューリップも一雨毎に伸び、二葉になつて来た。春めいた庭を歩き廻るのも楽しい。松戸の兄さん〔父の次兄〕が見舞に来て下さる。

＊茨城県出身の人は特に「え」を「い」と言う傾向にあります。東京の人が「ひ」と「し」の発音を混同するのと同じように、この日記の中にも度々、登場します。

三月十三日

秋本さん、立沢菊子さん、見舞に来て下さる。先日、句会の皆さんの投句されたタンザクを見ました。流し雛の句、春の雪の句など。私も暫らく俳句も出句せず、遠のいた日日だつたけれど、又これから少しづつよびもどして、作句しなくては……出来るかな？　やつて見よう。

三月十五日（土）雨

昨夜は大分気温が下り、寒いと思つていたら、十時頃雪が降り出していた。今朝は土手も雪化粧して、春の雪はその中雨に変つて、一日中うすら寒い日だつた。だんだん起きている生活にも馴らし、少しづつ家事も手伝ふように心掛けなくてはいけない。

三月十六日
昨夜、風呂に入り一眠りして目を醒ますと、右の脇腹が痛く起き上ることも出来ない有さま。どうしたことなのか。風呂に入つて風邪を引いたのか。それともしんけいつう。余病でもおきたら大変なことになる。昼起きている中はさほど痛くないけど、夜、布団に入り、トイレに出るのが苦労する。午後になつて体温三十八・一度と少し高い。

三月十八日
入院中は脇腹など痛まなかつた。今になつて寝られない程に痛むのは、何か余病でもおきたのではないかと気にかかる。家に帰つたら何でも出来るものと喜んで退院して見たが、中々思ふように体が動かない。意気地がなくて体にふたんの掛ることはやつていないのに、気力が湧かない。
あまり病人くさいので美容院にゆく。ママの車で送つてもらふ。いくらか気分転換になればと思つたから。ひげのマスターが仕上げを丁寧にしてくれた。

三月二十日
二週間ぶりに病院に行く。朝の車のこみ合いはひどく、大分時間がかかつた。待つこと二時間近く。

診察を受け、採血をして注射をして、右の脇腹のことを話してみたが、先生はあまり重く見て居らず、腸がゆちやくしたりするとそのようなこともおこると言つて居られる。でも夜、布団の中に入ると、とくに夜中に痛みがひどくなる。なぜだろうか？　この痛みいつになつたらと一人でくやし涙を流す。

三月二十一日　春分の日

曇りがちのお天気だつたけれど、まあまあの一日だつた。

長らく使つていた居間の椅子一式取り替へることになり、今日家具屋さんが来た。こんどのはグレーの布地の椅子で前のより小ぶりできちんとしている。オルガンも物置にどかし、すつきりした感じである。

三月二十三日

時ならぬ春の嵐が吹き荒れ、午後になつて雪に変わつた。みるみる中にあたり一面銀世界、低気圧の通過により、関東地方は雪で大混乱となり、車が追突したり、あちこちに事故が起きている。夜になつて雨に変つたが、風はまだ吹きつけている。知ちやん達の足利まで結婚式に出掛けた人達も最悪の日だつたかな。

でも本人たちは、雨降つて地固まると昔から言いつたうことがあるから、幸福いつぱいのことでしよう。

三月二十四日

昨夜寝てから、こんどは左脇腹が痛み出して眠れなかつた。床の中での方が痛い。この痛みさい〔え〕取れてくれたら少しは元気が出ると思つているのだけれど。食事の方も、おなかはすくのだけれど食べてみるとすぐいやになつてくる。そうかと言つて、これが食べたいと思ふものもあまりない。

午後五時半頃知ちやん達帰り、ほつと一安心。

四月十三日　快晴

桜も満開となり、おだやかな日曜日。さぞ行楽地は人出で大にぎわいのことでしよう。庭の桜も満開。枝をすかして見る青空は何ともすがすがしい。チューリップも咲いた。パンヂーが花壇を色どり、春つて何て素敵なんだろう。しばし見とれている。

退院してから早くも一ケ月が過ぎた。あまり元気になれないのはどうしてかしら。体力がどうも付かない。それではあまり食慾がないからと自分では分かつていても、もりもり食べることが出来ない。

足に力が入らない。運動不足。洗濯でも何でもやらなければ駄目かな。早く社会に復帰して何でも出来るようにしなければ。

四月十六日

朝の体温〔検温〕わすれる。午後三時、三十六・八度。

ベンかため二回。食事はあまり進まない。これと云つて食べたい物もないし、ラーメンもおいしくない。夜十時頃寝る。夜中、寝汗をかくので困る。

四月十七日（木）
午後三時体温三十七・三度。朝お粥、納豆、卵、等。
二時半頃〔本家の〕お父さんお帰りになる。これからしばらく立沢医院にてお世話になることにする。夕食も好きなえびフライ等あるけれど、どうも美味しく色々食べられない。今日は少々足がだるい。すぐに横になりたいくせがついて、休みたくた〔な〕つて終ふけど、なるべく我まんして起きていることにする。

四月十八日　くもり
庭中花吹雪。風に舞ふ花は春のなごりをどこまではこんで行くのやら。花海棠もうつむきて美しい彩どりをそえている。

網代さん〔従姉〕、見舞ひに来て下さる。ありがたい。まだ長く話していると少々労〔つか〕れる。

『あすか』*来る。だが、三月―五月まで私のはお休み……。

下剤を飲んだので今朝は大量に便が出る。ラパック*をはる。

＊『あすか』＝母が同人となることを目指していた句会の月刊誌。　＊ラパック＝人工肛門の出口に付けて排泄物を溜めるビニール製の袋

四月十九日

まさしく春雨、すつほりぬれた木々は新しい芽をぐんぐん伸ばして細い雨を喜んでゐる。体温は午前中は計らず午后三時に計る。三十七・三度。少しづつ午后になると上る。痛み止めの坐薬をお尻に入れてから水の様な液体にゼリーのようなものが近頃多く出て気持が悪い。小水も多くぼうこうも悪いのかおしつこのあとのいやな気分、おむつでもしておかないとパンツがびつしよりになつて終ふ。薬のせいか？　何た〔だ〕ろう？　お通じ有り（朝、午后）。

何とか一句作らなくては。

四月二十三日　晴

風もなくおだやかな天気なので、気になつている白髪染をするため、ママの車で一本木の美容院にゆく。足のだるさはそう他安すく〔たやすく〕はとれない。髪を染めセットをすれば少しはみられた顔になつた。気分も良くなる。たんぽぽが暖い光に一せいに花開き、緑と黄のコントラストが美しい。そこを園児達が散歩の帰り、手をつなぎ、いかにもタンポポが微笑しているかのようである。

〔日付不明のメモ〕
濡れ土に夕べのきりのあと残る
園児みな白シャツとなるほのぼのと
泰山木葉を押しひろげ咲きにけり
暖かや店に忘れし小買物
暖かやガラス戸をふく昨日今日
手を上げてともにあいさつ暖かし
指切りの指やはらかし夕蛙
タンポポの園児曲れば手を上げる
春寒やひねもすこたつ背を丸め
みぞれ降る車の音や春こたつ
桜湯の蕊《しべ》りんりんと鳴りいづる
夕焼のこもる杏《アンズ》の酸《すつぱ》き味
花すみれまだ濡れてゐて陽の高し

四月二十五日
花曇のお天気で、たまに暖い日射が心地よい。毎日庭の草花をみるのが何よりの楽しみ。すみれは今を盛りと彩どりよく、黄のチューリップが咲き出す。久し振りに八百屋まで歩く。足が弱く、毎日どんどん歩かないと筋肉が衰い〔え〕て終ふ。大変なことである。同加作用*を。

*同加作用＝歩くことにより、衰える筋肉を強めるということが同加作用の意味だと思います。

四月二十七日

今日は四ケ月ぶりに句会に出席する。久しぶりの皆さんに会ひ〔え〕てよかつた。句は家庭内で作つた平凡な句六句を出句する。まあ先生の取つてくれた句は三句だつたけれど、あまり上出来とは云ひ〔え〕ない。三ケ月以上もお休みすると皆さんすつかり上手になられた。又初めから出発して作つて見ることにする。何かに集中していれば精神的にもプラスになると思はれる。体力も徐々につけてゆけば、筋肉もついてくると思ふ。頑張つてみませう。

四月二十八日　雨

一日中雨になり暗い日。野の下〔野々下〕のお母さん〔流山市の父の妹〕来る。竹の子を頂く。掘りたての瑞々しい柔らかそうな竹の子。又神様のお話で入会すすめるけれど、私は入りたくない。野田の方までお参りには出掛けられないし、いい加減な気持ではまずいから。医者の薬を飲んでいるのだからそれでよいと思ふ。

四月二十九日
雨も上つておだやかな休日となる。天皇陛下の八十五歳の誕生日と共に、在位六十年の式典が国技館（両国）で行は〔われ〕た。まだしつかりとして居られる。立派である。牡丹の花が咲いた。つぼみの中にあれだけの花びらを秘めてゐたのを一度に開花する神秘的な花。何とか一句作らなくては。ぼたん色が美しい。

五月一日
若葉の美しい五月来る。つつじも咲き出し色とりどりで狭〔い〕庭もバラエティーにとんでいる。高齢者事業団からの植木屋さんが垣根の刈り込みに来る。すつかり散髪された垣根は風通しもよくなり、虫も少なくなり、気持がよい。足ならしに土手に登る。弱つた足はなかなか思い通りにはゆかず、中段まで。骨が折れる。

五月二日
天気がくずれ、一日中小雨が降つたりやんだりのさい〔え〕ない日。十時半から能村登四郎先生の俳句入門のテレビを見る。自由題で入選句、佳作と発表された。良い句もあつた。自分で作つてみるとなかなかこれと云つた良い句が生れない。一日一句出来たらと思ふだけで、俄《にわか》作りのだ作ばかり、勉強して物をよく見ることなど分つてはいても気がつかない。

薬だけではだめなのか？

五月四日

連休も後半になつてくずれ、昨日も雨が降り、今日も又かと思つていたら雨も休〔や〕み、晴間が見えて来た。知ちゃん〔たち〕四人は電車で柴又に出かける。名物のおだんご、つくだに等お土産に早く帰つて来る。この間作つた家の草餅には及ばない。

五月五日

連休最後の子供の日。体の調子も何とか大丈夫と思つて、浦和の家〔私の家〕に俊太郎坊やの初節句なので行く。タクシーも坂の上まで行つたので助かる。今は何処もつつじが色どりよく咲き、美しい。久し振りに訪ねた奈緒ちゃんも大きくなり、赤ちゃんもしつかりして大きくなつた。庭のチューリップが良く咲いてゐた。宿〔泊〕つてゆつくりするつもりだつたが、今日は朝から少し胃が重く痛かつた。夕方になつて段々はつてきて痛くなつて来たので、七時過ぎに帰ることにして隣の健さん〔私の夫の弟〕に南浦和まで送つて頂き、帰つて来た。やはり家で落付〔着〕いた方がよかつた。

五月六日

昼頃になつて又胃が痛み出したので、ママの車で医院に行く。注射を二本打ちやつと痛みもをさまつた。
あちこち痛くなつたりすると余病もおきるのではないかと心配する。足のだるさがひどい。
五月九日
南風が強く庭のチューリップも終りに近く、一枚一枚風に吹かれて散る。花の命は短かくあはれである。
五月十日
肛門からはげしく出る分泌物に血がまじり、又気になるので先生に来ていただくが、この分泌は腸から出なければいけないものとか。この苦しみも我まんせねばならぬのか。つらいことである。
浦和の励さん〔私の夫〕からカーネーション届く。ミニカーネーション二鉢、素敵な籠の中に入りとても可愛い。あすは母の日。私へのプレゼント。うれしいな。
五月十一日　母の日（曇）
午前中、純子さん〔父方の従姉〕がかい子さん〔その娘〕と一緒に牡丹の鉢植えを持つて来て下さる。思ひがけないプレゼントにうれしかつた。上野の東照宮の牡丹園へ行かれたとのこと。去年私も見に行つた。彩《いろどり》美しいごうかな牡丹が咲き競つてゐる。一株毎に俳句の木片が付き、夢中になつて園を廻つたことを思ひ出す。頂いた牡丹はピンク。蜂が金のしべに入り蜜をすつてゐる。

母の日とて一家六人で夕食に出掛ける。日曜の夜はどこの店も客があふれ、少し待たされる。主婦は毎日食事の仕度、片付けと忙しい。たまにはその忙しさから解放されるのも何よりのものではないか。

〔日付不明のメモ〕

枕元こけし目をふす牡丹雪
春分《しゅんぶん》のおどけ雀と目覚めたり
あかつきにこだます電車川渡る

五月十三日

木曽根（八潮市）の家で見舞いに来て下さる。新宿〔にいじゅく〕のお母さんも一緒に……。木曽根の家もすつかり信仰の道に夢中で、一緒に来た長男などはその話でもちきり。そのおかげで一家がすくはれたとなれば神様さまさまである。毎日おすなおすなの信者でいつぱいとか。世の中そんな神のおかげがあるものであろうか、どうも信じがたい。私のように今の処、未だ手術のあと何かと苦しめられてゐる。これが取れたらどんなにすつきりし、気持も楽になり、日常生活が快よくなることかと思ふ。薬だけでは駄目なものか？

五月十六日
野の下の

ここで日記は終わっています。

なかなか取れない痛みやだるさ、体の不自由さに、独りくやし涙を流すというところはありますが、「死にたい」「早く楽になりたい」と言っている箇所は一つもありません。やはり回復することを信じ、それを願っていたのでしょう。五月十三日までの記述では、少なくとも自分が末期の癌であることに気づいているとは思えません。癌であることを意識すらしていないと思います。

しかし他方では、一日一日が言い知れぬ不安の中に置かれたまま過ぎていくことに、諦めに似た気持ちを持っていたことは否めず、一艘の小舟が羅針盤を失って、その行方は全くわからぬまま広い大海をさ迷っているという感じが拭われません。

千葉敦子さんの死と母の死と

ここで、朝日新聞「天声人語（昭和六十二年七月十一日付）」の、乳癌で亡くなったジャーナリスト、千葉敦子さんについての記事を紹介してみたいと思います。千葉さんは死の直前まで『朝日ジャーナル』に「死への準備日記」を連載していました。

「ニューヨークで亡くなったジャーナリストの千葉敦子さんは、がんと闘いながら、最後まで記者魂を失わなかった▼朝日ジャーナルに連載中の『死への準備日記』について、いつも原稿に乱れがないかどうかを気にしていた。「気がかりです。念入りにチェックして下さい」と編集部に注文していた。病状が悪いことに甘えて恥ずかしいものを書き残したくはない、という思いからだろう▼アメリカのイラン秘密工作事件が起こった時は、ワシントンの知人に電話をかけまくって「一線記者に戻ったような気分」になった、と書いている。起き上がる体力もなく寝たままの電話取材だ。書く予定のない主題なのに、血が騒ぎ、取材をせずにはいられなかったらしい▼『死への準備日記』を書き続けたのは、がんと闘う自分を自分で取材することにジャーナリストとしての生きがいを感じたからだろう。死を見つめることよりも、死ぬまでをどう生きるかのほうにずっと関心がある、と書いているが、死を前にした自分を見つめる目は驚くほどしつようで、乾いている▼「私は自分の病気のことで泣いたためしなどただの一度もない。感傷に浸っている時間などありはしないのだ。どうやって残された時間を意味あるものに使うか、だけを考えてきた」▼死が数カ月後に迫った時も、明日がどうなるかわからなくとも、計画はたてる、計画をもたなければ死んだも同然だといい、芝居の切符を買い、ドライブの約束をし、本を買いこんだ。小脳に転移したあとでさえ「即座に治療を受ければ記者活動を続けることも可能だという事実を証明してゆきたい」と気力を見せていた▼「体調非常に苦しいのですが、次回の原稿は七月七日に送る予定です」という連絡がジャーナルにあったが、追いかけて原稿断念のメモが届いた。「いつこの世を去ろうとも／悔いはひとつもない／ひとつも」。去年の暮れ、千葉さんはそう書いている。享年四十六。」

母の闘病日記は、この千葉敦子さんのように勇敢なものではありません。感傷的、文学的、悲観的な部分が多いのです。しかし、社会の第一線にいて現実の厳しさと対面しているという緊迫感の中に母はもちろんいませんでしたし、病気の質も違います。体の異常なだるさ、時々襲いくる左右脇腹の異常な激痛、肛門から出る得体の知れぬ不快な分泌物などが、母を力ない絶望感へと陥れているのです。ただ、母の闘病日記に死への不安や恐れといった箇所が全くないのは、最後まで生を信じていたということなのだと思います。

第五章　六十七歳の誕生日

腹部より大出血

母は五月は特に気力が失せていったようです。そして、六月初旬頃までは句会に出席していましたが、ある時の句会の帰り、歩く力もなくなって、道端にしゃがみ込んでしまったといいます。

その頃、私は書店の医学書コーナーに行き、癌に関するいろいろな本を読みあさっていました。少しでも母の病気の手助けになるようなことはできないかと考えたのです。次第に病状が悪化していく母の所へ看病に行くには、赤ん坊の子育てがあるとはいえ一ヵ月に一回では少な過ぎるのですが、行けない間は電話のやり取りで安穏を聞き、一応は安心を得ていました。しかし実際は、一歩一歩下降する運命にあったのです。

六月十一日、母から電話がありました。あまり具合が良くないと言います。お腹が硬く張っている、夜は全く眠れない、尿が非常に近い、トイレに行ったかなと思うとすぐ行きたくなる、そのために眠れない、それが一晩中続く、と言うのです。

その日の夕方、気になって今度は私のほうから電話をしました。けれど、もう母は電話に出るのが困難になってきているので、父は母を電話に出したがりません。そして、私が父と電話で話している間に、母は突然腹部より大出血を起こしてしまったのです。父は急いで電話を切り、本家の医者を呼びました。弟の嫁の京子さんの話では、タオルやガーゼをどんなに巻いてもすぐ真っ赤になるほど強烈なものだったといいます。それを聞いて胸がえぐられるような思いがしました。私はすぐ飛んで行かなければいけなかったのですが、翌日、心配になって本家の医者である従兄に電話をして聞いてみました。

「母が腹部から突然大出血したということなんですけど、どうしたんでしょうか?」

「あの出血は人工肛門周辺からのもので、内部からのものではない。今、癌性腹膜炎が始まっている。患者はこれから二十四時間中、苦痛を訴え出すから、周りの者はそれを一つ一つ聞いてあげることが大切だと思う。これからお腹のほうはますます膨らんでいって、妊娠八ヵ月くらいの状態にまでなる。もうお腹の中のありとあらゆる箇所が癌に侵されてしまっている」

「お腹の中のあらゆる箇所が癌に? それは本当に恐ろしいことね。癌性腹膜炎というのはどういうものなのかしら?」

「腸などから養分や水が滲み出して、お腹にたまってどんどん膨らんでいく状態だ。苦しいからといってその水を抜いてしまうと、急激に心臓に負担がかかって一挙に体力がガタッといっちゃう。体のほうはその水を養分にして生きているから、簡単に水を抜くということはできない」

「これから治る可能性はあるのかしら? 制癌剤などを使って」

「慈恵医大のほうでは制癌剤を出していた。しかしこれはかなり副作用が強いので、今のところやめている。今この病院で出しているのは利尿剤と腸の薬、便通をよくする下剤などだ。制癌剤は使っていない」

「全く眠れないということなのだけれど、睡眠薬を使ってはどうなのかしら?」

「睡眠薬も体力をガタッと衰えさせるから使わない。弱っている体に睡眠薬は意外に怖いんだ」

「食べられないということだけれど、点滴は？」

「いや、点滴はますますお腹に水がたまる一方だから、良くない」

「全く何をしても望みがないのね。いったいどうしたら良くなれるのかしら。この夏は乗り切れると思いますか？」

「八月頃までは大丈夫だと思うけど、なんとも言えないな。お母さんには悪いけど、本当のことは伝えていない。癌で弱っている体に癌の告知はできない。だから少しでも長持ちさせるように頑張るより他ないんだ」

「………」

　私はどうにもやるせない気持ちで電話を切りました。

　六月十四日、その大出血から三日目に私は母の所に向かいました。いつものように赤ん坊を背負って、オムツとミルクとたくさんの着替えの入った大きなカバンを持ち、三歳の娘の手を引いて。その姿をあまりにも哀れと思ったのか、電車の中で親切な男の人が席を譲ってくれました。こんな時はありがたさが身にしみます。私は丁寧におじぎをして、心の中で「どうもありがとうございます」とつぶやきました。

　母は、胃、肝臓付近が硬く腫れて、とても苦しそうに横たわっていました。癌性腹膜炎の特徴が出始めたのでしょうか。衣服を着ていてもその膨れがわかります。上から手で触ると板のように硬く、パンパンに張っていました。物を食べるとすぐ苦しくなって横になってしまう。口に入るものはジュース、プリン、ゼリー、あとはご飯を一口か二口。利尿剤を使っているようですが、尿の出が悪いので足にむくみが出てきていました。

それでも母は私のことを気遣ってくれていました。

「私は今までずっと良くなれることを信じてきたけれど、こんな状態では、これから先はどうなるかわからない。もう子供たちも皆、独立して家庭を持って一人前にやっているし、私の役目は終わったと思うの。だけどトンちゃんはまだ子供が小さいから、丈夫にしていて頑張らなくちゃダメよ」

「そんなこと言わないで、頑張りましょう。お母さん！　きっと良くなるわよ」

しかし、母は無言でした。

私は、次第にお腹に水がたまってパンパンに張り、足がむくんでいく母を見るにつけ、どうしていいのかわからず、ただうろたえるばかりでした。

この頃、ＮＨＫの朝の連続テレビ小説で「はね駒《こんま》」を放映していました。ちょうど主人公おりんの妹お光が、産後の肥立ちが悪く重症の床に就いていて、これを見ていた母は、「可哀相だね。これからどうなるんだろう」と言っていました。きっと、母はお光を自分の身と重ね合わせていたのでしょう。その母の病床の布団の上には母の愛猫の〝ヘメ〟が心配そうに身を丸くして座っていました。きっと主人の深刻な病状を心から気にかけていたのでしょう。

オストメイトの会を知る

当時、朝日新聞の家庭欄では癌に関する特集記事が毎日続いていたのですが、そんな中、六月十三日に大腸癌に関する記事があり、私はそこで人工肛門保有者の会である「互療会」の存在を知りました（平成元年に「社団法人日本オストミー協会」に改称）。これは東京に本部がある、昭和四十四年に発足した会で、全国の人工肛門および人工膀胱保有者の集まりであり、ご自身がオストメイトであった東京医大の初代学長の故・緒方知三郎氏の、「お互いに工夫してやっていきましょう」という提唱から始まったものだそうです。現在、会員は全国で約一万一千人。私は、ここに聞けば何か参考になる意見を聞くことができるかもしれないと思いました。

当時、埼玉県の場合は大宮市に「ケヤキの会」があり（現在は、さいたま市に「日本オストミー協会埼玉県支部」がある）、私はその会長の荻野芳恵さんとお話しする機会を得ました。この方は人工肛門保有者になって七、八年経過しておられ、在職中に手術をしてオストメイトになり、職場に復帰され、その後定年退職をなさっていました。

荻野さんは手術後の後遺症として排尿障害があり、洗腸という、大腸内に温水を注入して強制排便を行う作業がとても苦痛であるとのことでした。また、この方の最大関心事は「水」で、全て健康の源は水であるという持論を持っておられました。そして、母の住む埼玉県三郷市内には三人のオストメイトがいらっしゃることも教えてくださいました。

しかし、母にこのことを話しても全く興味を示しません。「嫌なことはもう思い出したくない。今はただ静かにしておいてほしい」と言うだけで、同病相哀れむの心境になる余裕などとてもないようでした。

『桜ちゃんの呟き』

互療会では二ヵ月置きに新聞を発行していました。その中で、横浜市の吉田民蔵さんが『桜ちゃんの呟き』という本を自費出版されているのを知りました。この本は、吉田さんの自己の体験をもとに全国の互療会の方々の体験談を多数編纂して、一冊の本にまとめ上げられたものです。

吉田さんは岩手県水沢市の出身で、十二歳の頃より家具店に住み込み奉公。以来、長年修業を積まれ、横浜市元町に家具店を経営されるに至りました。そして、昭和五十一年七十三歳の折、直腸ポリープ疾患のため二度開腹手術、直腸切除、人工肛門保有者となります。当時は八十三歳で、手術後十年以上を経過されていらっしゃいましたが、健康で、家業のほうは息子、孫夫婦に任せ、補助的立場で仕事をなさっておられました。過去に商店会、町内会、老人会、同業組合、県人会などの役職を経ておられ、横浜互療会の理事をされていました。

手術後は原因不明の大吐血をして、救急車で病院に運ばれたこともあったそうです。また、術後五年ほどは膀胱、腎臓の後遺症が人一倍ひどく、数々の肉体的辛酸をなめつくし、当時も膀胱萎縮による頻尿のために服薬を続けていらっしゃいました。そして、長らくキリスト教を信仰していることが精神的な強い支えとなって、数々の苦しみを乗り越えてきたとおっしゃっていました。

この本の中には作家の三浦綾子氏の手記もあって、私は何か惹かれるものがありました。三浦氏は若い頃から結核、脊椎カリエスを患い、直腸癌の手術も受けたということで、「人は長い病床に臥した生活にあると、どうしても神を恨む気持ちが強くなります。神への信仰があるのに、なぜ悪い病気にたたられるのか」と書かれていました。

ヨハネによる福音書の中に次の話があります。キリストの弟子たちが盲人の前を通った時、イエスに聞きました。「なぜ、この人は目が見えないのですか。それは本人の罪なのですか。それとも両親の罪なのですか」。イエスは答えました。「それは本人が罪を犯したのでもなく、その両親が犯したのでもない。神のみわざが彼の上に現れたためである」。三浦綾子氏はこの言葉に、十三年の療養生活中、どれほどの安堵と勇気を与えられたかしれないと言っておられます。

また氏が癌になった時、ティーリッヒの「神は癌をも作られた」という言葉に接したそうで、その時、天井から一閃《いっせん》の光芒が放たれ、神の啓示にも似たものを感じたといいます。その人に次々と重い病気が襲いかかるのは、神のみわざであり、神の特別の依怙贔屓《えこひいき》の結果であり、特別のプレゼントなのだというふうに解釈すれば、喜びに似た平安が得られ、人生観も変わる。神を強く意識し、重い病気ですら神の恩恵であり、神の支配の下にあるのだというふうに考えれば、苦しみからも救われるというのです。この三浦氏の手記を読み、母の重い癌も神から与えられた特別の思し召しであり、神から特別に恩恵を受けたのだと考えれば、違った意味を持ってくると思われました。しかし、生身の母が苦しんでいるのを目の当たりにすれば、そういった観念論は頭でわかっているつもりでも、なかなか簡単に受け入れられるものではありません。

けれどこの本を読んだことが、「私も、母の苦しみの記録を本にしてみよう」と思うきっかけになりました。吉田さんの著書を購入した際、励ましのお手紙をいただきました。「実際の体験を本にすることは極めてまれであるが、頑張ってください」というものでした。

『桜ちゃんの呟き』の中に出てくる全国の人工肛門保有者の方々は、女性よりも男性が多く、その疾患の割合では直腸癌が圧倒的に多く、女性の場合では子宮癌から直腸への浸潤がよく起こり得るというのも注目すべきことでした。

この本を読み、世の中には、思わぬ所で、思わぬ病気で、人知れず苦しんでいる人が多いことを改めて痛感しました。病気に対する偏見を改め、人間の生きることへの原点、そして、それでも生きていかねばならぬ重荷と、人間としての尊厳のようなものを感じました。

人工肛門保有者に対しては、国は身体障害者としてその障害の度合いにより一級、三級、四級の認定を行い、地方自治体は身体障害者手帳を交付しています。所得税、住民税、相続税などの障害者控除、電車やバスなどの公共運賃が割引になるといったことも行われています。こういったことも、この本で知ることができました。

平成二十三年六月十九日付けの朝日新聞の生活欄に「患者を生きる　がんと就労　人工肛門6情報

編」の記事があり、そこには次のような内容が記されていました。現在、人工肛門保有者は全国で約十二万人おり、その人々の生活上の大きな悩みとして便の漏れやにおい漏れ、また、「パウチ」と呼ばれる排泄物を溜める袋の装着部の皮膚のただれやかぶれが挙げられていました。さらに、職場での偏見や理解の度合い、異性との交際問題、飲食業・食品業に就職し難いなどの悩みを抱えています。二十〜三十代の女性を中心にした若い女性オストメイトの会「ブーケ」や、働き盛りの世代向けのグループがあり、互いに情報交換を行っています。会の代表の方は、職場での支援と理解が必要だが、環境が整っていない、人工肛門を付けた人が困難を感じ助けを必要とするのはどのような時なのか、まず経営者や人事担当者が正確な情報を知り、支援する姿勢を示すことが職場理解を深めることだと訴えていました。

誰も好き好んで病気になりたくはありません。若い世代では特に就職して働いて生きていかなくてはなりませんので、職場での理解は大変重要なことだと思われます。

では、吉田民蔵さんの『桜ちゃんの呟き』の中から、一体験者の方の手記を紹介させていただきたいと思います。

世のため人のため　　　　　　奈良県　男性

私がこの病気になりましたのは五十六年十一月頃のことでした。夏頃から左脇がひどく痛みますので、高田市立病院へ行きまして精密検査を受けました処、大腸と直腸にポリープができていると言われました。大腸、S状結腸、直腸、肛門を全部取らなければならないと聞かされ、そんなことをして生きていけるのかしらととても不安でしたが、先生は〝癌〟という名前は言いませんでしたが、そういう意味を含んだ言葉でしたので、私も意を決して手術を受ける覚悟をしておりました所、突然、腸閉塞になりましたので十月二十四日に入院しました。腸閉塞の手術のため、いろいろ検査を受けた後ですが、お腹が張っていたものですからレントゲンがちゃんと撮れず、一週間ほど手術ができませんでした。その間痛い痛いの毎日でした。そして第一回の手術を十一月二日にしましたが、当時七〇キロあった体重が五二キロになってしまいました。その後身体の回復を待って十一月二十日に第二回の大腸、S状結腸、直腸、肛門の摘出手術を受けました。体重は四五キロになりまして、命も危ぶまれていた様子でございました。私の場合、大腸を全部取った訳ですので電解質と水分を吸収する機能を失ったのですから、便と共に絶えず水様液が出ます。今こうして話していても右腹の横に造られた人工肛門から水様液が出ていて、人工膀胱と同じです。右腹の横上にあるので二回人工肛門を造ったようなものです。イレオストミイの患者、またの名を回腸ストーマ患者になったのです。私の身体は水分を要求するのですが、飲めばその水分が出るという状態で、水分が出るとストーマ周辺がかぶれとただれでとても痛いので、入院中は一日に二十数回もガーゼを取り替えていたものですから、こんな状態で退院後、外出できるようになるのかしらと心配しておりましたが、先生や看護婦さんのお陰で五十七年二月三日、百五日振りに退院することができました。入院中は看護婦さんたちに手伝ってもらっていたのですが、何もかも自分で処理していかなければなりませんので要領がなかなか分からずとまどいました。常に水様液が出て、それには腸液や胃液が出ていて強い酸性のものですから、かぶれがひどくて、ただれて痛くてたまりません。痛み止めの軟膏をもらってストーマの周囲に塗ってみたのですがどうもちゃんと塗れず困りましたが、今は特別に酸を中和する軟膏を作ってもらって塗っています。ストーマから出る便の勢いはすごいものでティッシュペーパーが間に合わない時が多々あり、今日まで失敗の積み重ねです。このようにしてとまどったり、失敗しながらようやく一年が経ちました。夫婦生活も現在満足ではありませんが、まだ一年しか経っていないことでもありますし、先輩諸氏から、もう少し日が過ぎれば大丈夫だと教えてもらいましたので、楽しみにしている次第です。こうして一年でこんなに元気な体になり、体重も六四キロになりました。先生からもまず安心だと言ってもらいました。

この方は大腸、S状結腸、直腸、肛門全摘出ですから、それこそ回復までには大変な苦労をされたと思います。それでも体重が増え、なんとか生活もできるようになったのですから、大変なご苦労だったと思います。

この他にも多数の方たちが手記を書かれており、術後の排尿困難などの障害は共通してあるようですが、五年、十年と生存されているのは、手術が成功したのと、肝臓などに転移がなかったからなのでしょう。

胃癌の場合は、胃を三分の二切除しても、うまくいけば食事療法などで次第に胃袋も適応して機能を回復してくるようですが、腸の場合は長いのでいろいろと治癒が困難なのでしょうか。母の場合も、たとえ肝臓に転移しているとしても、腸の悪い部分を切除して良い部分同士を縫合し、腹腔内に収めてしまうということはできなかったのだろうかと考えました。そうすれば、わざわざお腹に穴を開けることもなかったのに、と。テレビでは、最近の傾向として、大腸癌の場合、人工肛門を作らないでも済むような方向に持っていきたいと言っていました。それは大変良いことだと思います。

新興宗教に頼る父

母のお腹が日に日に大きく膨らんで、歩行も困難になっていく姿を見るに見かね、父は叔母の所属する新興宗教に頼るようになりました。

この宗教団体は野田市に本部のある団体で、相当数の信者を持ち、不治の難病、家庭不和、浮気、離婚、事業の失敗など、その他諸々の苦しみで悩む人々を救う意味で作られた団体だそうです。霊波(神通力)が電波のようになって、悩める人々の上に投波し、全ての苦しみを吸収し、幸福にしてくれるといいます。難しい教義はなく、ただ「ご守護人様」と祈ることにより全ての苦しみが救われ、医者にも見放された宿命的な難病がたちどころに癒えたという例が多数あるということです。数々の成功例を聞けば、弱き人間は少しでも救われたいからそれに飛びつくでしょう。

叔母は一生懸命に協力して、流山市から一週間に一回くらいは母を慰めに来てくれましたし、父は毎日のように野田市に出かけていきました。そして、お札をもらってきて母の枕元に置き、首にはお守りのペンダントをさげてあげました。母はそのペンダントを大事そうに胸の上で抱いていました。宗教を嫌っていたはずの母が素直にそれに応じるようになったのですから、かなり自分の病気の重さを感じていたのでしょう。

しかし実際には、病魔に侵されてしまった肉体への神通力にはなりえないと私は思います。自己を慰めるための精神的、観念的なものでしかないような面もあり、神の奇跡は母の場合、起こりませんでした。

雨に濡れる紫陽花

六月二十三日、母はなんとか六十七歳の誕生日を迎えることができました。

私が四月に実家を訪れた時、弟は草萌える緑の土手を歩きながら心配していました。

「お母さんの命はあと三、四ヵ月しかないと医者が言っている。誕生日までなんとか持ってくれればいいが……」

あまりにも明るい陽光と緑の草々の中を歩きながらの深刻な癌の話は、ふさわしくないものでした。

しかし、その関門を越えることができ、本当に良かったと思いました。

母の誕生日の頃は梅雨も末期で、来る日も来る日も雨がじとじとと降り続いていました。これでは健康な人でさえ体に良いとは思われないのに、まして重病人にとって良いわけがありません。

しかし、庭には紫陽花が雨に濡れて鮮やかな青紫色の花を咲かせており、そのパステル調で青紫のにじんだ色を見ていたら、小野小町の歌を思い出しました。


花の色は移りにけりないたづらにわが身世にふるながめせしまに

女の容色は一時の花のように移ろいやすい。我が身もこうして世間に身を置いているうちに、またたく間に年老いてしまうのだろう。人の命ははかないものである……小野小町も、このように梅雨の長雨を見ていたのだろうかと思いました。

紫陽花は母の大好きな花の一つであり、誕生月の花でもありました。紫陽花寺といえば鎌倉の明月院が有名ですが、同じく紫陽花寺として親しまれている松戸市北小金の本土寺に母と行った時のことを思い出します。この寺は葛飾区の水元公園と並んで、初夏の花菖蒲、紫陽花を訪ねる観光コースの中に入っていて、東京方面からたくさんの方たちが見物に来ます。一万株という紫陽花がいっせいに咲き揃っている様は、夢のように美しくよみがえってきます。そういえば水元公園の花菖蒲もちょうど一年前、夫、娘の奈緒子、私と母の四人で出かけたことを思い出します。その一年後に母がこのように重症の病の床に就くなど予想もしていませんでした。

讃美歌二五五

一、灰と塵《ちり》との中にひれふし
我はなみだに　むせびて祈る
悩みつくして　知ります君よ
我が悲しみを　顧《かえり》みたまえ

二、ころもは破れ　飢えも迫れる
荒野《あれの》のはらに　悪魔のたくみ
ついに破りて　知ります君よ
わが試錬《こころみ》を顧みたまえ

第六章　闘いの末の死

再入院を拒絶

母の苦しみをどうにも見るに見かね、医師を含め、家族の者も入院を勧めたことがありました。しかし、母は頑として拒否しました。物事に対して決して曲がった見方をせず、素直で温順で、嫉妬やひがみ、憎悪などといった感情をほとんど持ち合わせていなかった母が、ここで初めて怒りの角を見せたのです。

「こんな苦しい状態では、家での看病も限界に来ているように見える。医者も入院したほうがいいと言っているが、入院することにしてはどうか」

父がそう問うと、母はこう言って抵抗したといいます。

「そんなに入院を勧めるのは、私を邪魔者扱いして、家から追い出そうとしているからなんでしょう?」

母の気持ちは、体の異常な痛みやだるさなどから、被害妄想に変わっていたのかもしれません。

「自分の体はもうどうにも治る見込みはない。四十七日間の苦しい入院生活をしたが、あのような経験は二度としたくない。今はお腹が妊婦のように膨らんでしまっているが、これを見て、家族の者は私を入院させてやっかい払いしたくなったのだろう。きっとそうだ。でも絶対にいやだ。追い出されるなんてあまりにも惨め過ぎる。これでは姥捨て山と同じではないか。どうせ死ぬのなら、自分の家の畳の上で死にたい。『入院しなさい』と言うのは、自分を追い払おうとしているに違いないからだ」

妊娠十ヵ月ほどもの大きなお腹、押しても元に戻らない粘土のような足のむくみ。腕は鶴の脚のように痩せ衰え、癌があちこちに転移してしまっている影響か、少しずつ思考もおかしくなってきている状況だったのでしょう。

母はそれまで父に対して反抗するということがありませんでした。だから「私を家から追い出そうとしている」という言葉に父は驚き、うろたえ、私の所に電話をしてきました。

そして結局、「お母さんは『入院は絶対いやだ』と言っているから、入院は諦めて、その時に応じて医者に来てもらうことにした」ということになりました。従兄の医師は、電話一つでいつでもどこからでも飛んできてくれました。

夢枕に立った母

母の苦しみは周りの者の想像をはるかに超えるものだったのです。神の御業どころか、神のいたずらか、それにしてはあまりにもひど過ぎます。これは悪魔の報復なのでしょうか。なんのための神なのでしょうか……。

六月二十四日、父が野田の宗教団体に着いた頃、強い地震があり、その後、天地にわかにかき曇って激しい雷雨となり、紫色の閃光と雷鳴が轟きました。これは母の苦しみと怒りが、天地をも揺るがすほど強烈なものであったということを表していたのでしょうか。

以前、私の家に二人の見知らぬ男の人が訪れてきて、印鑑を売りつけようとしたことがありました。その時彼らが、「武士の家系では、祖先が多くの人の血を流したり殺戮を行ってきたので、それがのちのちの子孫に祟り、癌や脳出血になって死ぬのです」と言っていたことを思い出します。それでは、母の苦しみや地震や雷雨は、平将門に恨みを持つ怨霊たちの祟りなのでしょうか？　それとも将門自身の怒りなのでしょうか？

その翌日の六月二十五日、そして二十六日と、二晩続けて私は母の夢を見ました。これは母の死期が近いことを知らせていたのでしょうか。二十五日の夢では、母が着物を着て自転車か木馬に乗っていました。微笑みながら手を振って、オレンジ色っぽい姿で空の彼方に小さく小さく消えていきました。二十六日の夢は、夫が私に「今日はお母さんのお葬式だよ」と言うものでした。

六月二十八日、私は心配になって母の所へ出かけていきました。母はお腹の膨らみと足のむくみが相変わらずひどく、とても苦しそうに横たわっていました。まだ食べ物はなんとか口に入りましたが、起き上がって一口、二口食べるとすぐ苦しくなって横になってしまいます。

ちょうどこの頃、私も赤ん坊を背負って幼子の手を引いてのたび重なる道中がこたえたのか、三十九度四分の熱を出し、悪寒に襲われ、腎盂炎を発症してしまいました。ただ、これは病院で薬をもらい、一週間ほどで治りました。

立ち上がれず、羞恥心も失う

七月に入ってから母の容態は急速に悪化していき、布団から起き上がるのも容易ではなくなり、歩行も困難になってきました。それでも私が電話をすると、どうにか電話機の所までたどり着いてなんとか話せました。しかし、舌はもつれているようでした。今、考えるとこんな時私は、母を電話口にまで来させて申し訳なかったなと思います。

そんなある日の真夜中、母は一人でトイレに行こうと立ち上がり、足がふらつき、体の平衡を失って頭をいやというほど柱にぶつけてしまったのです。起き上がって再び立とうとしたら、今度は床の間の角に頭をぶつけてしまいました。この時の音がものすごくて、隣に寝ていた父もびっくりして起き上がったということでした。

母はどうして父を起こさなかったのでしょうか。それは、自分の看病で疲れて寝ている父を起こすのが悪かったから、そして自力で起き上がらねばという強い意志が手伝ってそのようになったのだと、母は言っていました。

母が立ち上がれなくなったのは、痛み止めのための鎮静剤（モルヒネ）の副作用だったのか、あるいは癌性腹膜炎で重くなったお腹の膨らみで体の均衡を失ったためかもしれません。これ以来、夜中のトイレは、父と弟と嫁の京子さんの三人がかりで行うことになりました。

七月十二日、腎盂炎が回復した私は、また母の所に出かけていきました。やはり具合は非常に悪く、頬がそげ落ち、眼光も焦点が定まらず、声が弱く、舌がもつれています。腕と胸の肉もすっかりそげ落ち、その胸にさげられているお守りのペンダントが悲しく揺れていました。

一歩歩いてはすぐソファーに崩れ折れ、力なくうなだれたままになってしまいますが、それでも食事はテーブルでしたいと言うので、皆で後ろから支えながら歩かせて座らせ、なんとか食べることはできました。しかし、それとて一口がやっと、というありさまです。

そのあと、母がトイレに行きたいと言うので、父と私と弟の三人がかりで連れていきました。歩行困難で、三人がかりで支えても相当の体力が要るようで、やっとの思いで便器に座ります。そして、わずかの排尿に非常に時間がかかり、済んでも自力でパンティーも上げられず、目は虚ろで、突っ立ったままでいるのです。浴衣の前も合わせられず、乱れても平気で、パンティーが足元に下りたまま上げようともせず、目の焦点が合わず、そこに置けばそのまま何時間も立っているように放心しています。羞恥心が全く失われてしまったのです!

この時の母の姿は、全くこの世のものとは思われず、正気を失った老女のようになって突っ立っていました。あれほど気位が高く、誇り高かった母が、今こうして全てを失って立っている……。全く恐ろしいことです。すでに廃人への道をたどっているのです。

病床に臥してからの母を見ていて、この時ほど悲しいと思ったことはありません。私は母の足元にひれ伏して、泣きながらパンティーを上げ、浴衣の乱れを直し、やっとトイレから出して、また三人がかりで寝床に連れていって寝かせました。前回訪れた時はなんとか正常な会話ができたのに、二週間でこんなにも変わってしまっていたとは！

目の前にバラの花束が……

七月十七日、父からの電話で、母が完全に歩けなくなってしまい、オムツの世話になるようになったことを知りました。以前、母は健康だった時にこう言っていました。

「もし年を取って倒れて、オムツの世話になるようになったら、惨めだから自殺してしまうかもしれないわ」

しかし、ついにその事態になってしまったのです。

私はその日の夕方、暗くなってから、五ヵ月の赤ん坊をおぶい、三歳の娘の手を引き、大きな荷物をたずさえて母の所へ出かけていきました。子供もたびたびの往来で疲れたのか、頭が痛いとか、お腹が痛いと言って吐いたり、熱も三十八度七分まで上がったりしました。

実家に着くと、完全に寝たきりの母は目も見えなくなっていました。目を開いても、黒い瞳が黄色く変わっているようで、焦点が定まりません。声を聞いてやっと私だとわかったようでした。

「お母さん、私よ、トシコよ、わかる？」

「ああ、トンちゃん？　……今ね、私の目の前にはバラの大きな花束がいっぱいあってね、エンゼルが周りをいっぱい飛んでいるの。広い宮殿があってね、緑の芝生があって、その庭の石の上に私は寝ているのよ。石の布団の上に。そして私の前には大きな机がわあっと広がっているの。大きな机が……」

母の布団は、薄く硬い布団にしたほうが床ずれしないからということで、下のマットレスを取って敷き布団一枚にしてあったのですが、母はそれを「石の布団」に寝かされていると感じていたのでしょう。そして、それはやはり「死の床」を意味しているのだろうかと、その時強く感じました。また、バラの花束やエンゼル、宮殿、緑の芝生という文学的なセリフは、母にふさわしいものだとも思いました。

この十日後に母は亡くなるわけですが、この時の言葉は、もうこの頃から母にはかなり強い幻覚症状が現れていることを示していました。これは、体のあちこちに転移している癌が見せた幻覚なのでしょうか？　それとも鎮静剤であるモルヒネの副作用だったのでしょうか？　もしモルヒネの作用だったとしても、この強力な鎮静剤を使わなければ、きっと母は激痛に七転八倒しなければならなかったでしょう。

最後の闘い

七月二十日。日曜日なので、夫と子供二人と共に母の所に出かけていきました。

母の容態の悪化を聞きつけて、茨城県守谷市から母の長姉が駆けつけてくれていました。この姉は前にも言いましたように、守谷市で和裁学校を経営していて、姉妹の中でも長女らしく気丈でしっかり者で、肝っ玉は太いようです。それでいてよく気のつく人で、母の入院の時にも何度か見舞いに来てくれています。

母もこの姉を最も頼りにしていて、「ねえちゃん、ねえちゃん」と呼んで慕っていましたし、長姉も「君ちゃん、君ちゃん」と言って可愛がっていました。時々二人で遊びにも出かけていましたので、「今度また二人して旅に行きたいと思っていたところなのに」と長姉は言っていました。

母は意識が不鮮明となり、口もきけなくなり、私のことでさえわからなくなっているというのに、この姉だけはわかったようで、「ねえちゃん、帰らないでほしい……」と、涙を流しながら懇願したということでした。一番甘えたいのは娘にではなく、姉に対してなのがちょっと寂しくなりました。

二番目の姉もやっと駆けつけてくれましたが、初めて見るあまりの母の変わりように取り乱してしまったそうです。もう正常な感覚のなくなっている母に取りすがって、「君ちゃん、どうしてこんなになっちゃったのよ！」と大声で泣きわめき、それを長姉がピシャッと平手打ちをしたということでした。大騒ぎしても病人に障るだけだ、ということなのでしょう。

そして、この気丈な伯母が一週間泊まって母を看病してくれることになりました。この伯母は「私は父が死ぬ時、遠くにいてよく看病してやれなかったので、その分、君ちゃんに尽くしてあげたいと思うの」と言っていました。そのため母は姉を頼りきっていて、私に「守谷の伯母さんが来ているから、今日は浦和に帰りなさい」と言うのです。私たち家族は母の言うとおり、その日は家に帰りました。

七月二十三日、再び母の所に出かけると、母は南側の明るいきれいな部屋に移されていました。暗い部屋のほうがまぶしい光線も少なく、静かで、病人にとっては落ち着くのですが、死が近づいている重病人には暗い部屋はあまりにも可哀相と思ってか、あえて部屋を移したのでしょう。

改めて明るい光の中で見る母の顔は、頬が全くそげ落ち、上歯骨が異様に出っ張っていました。大きく口を開け、呼吸は荒く、髪は白髪まじりのぼうぼうです。腕は骨と皮になり、もう注射針を刺す場所もないほど肉がなくなっていました。あの優しく品の良い母はどこへ行ってしまったのでしょう？　腰や背中には床ずれができていて痛そうでしたが、それとて本人は感じていないようです。

こうして死神との闘いの、最後の日々が始まりました。

オムツを取り換えようと三人がかりで母の両脚を上げるのですが、重いものです。やっとの思いで上げると、オムツの中にはイチゴゼリーのような大きな薄赤い塊が出ていて、これには胸がえぐられる思いでした。五月中頃、母と一緒に庭を歩いていて、「肛門が抜けるように気持ちが悪い」と言っていたものの正体はこれだったのかと思い起こされました。

「ああ、可哀相に。なんということだろう……」

出るのは、この言葉だけでした。

大きく膨れたお腹の左脇についている人工肛門は、五月頃に母が見せてくれた時は小さくて可愛かったのですが、今は大きく盛り上がり、周囲に塗られたかぶれ防止の白い軟膏も、ただの気休めとしか言いようがないように哀れに感じられました。いったいこんなことがあっていいのでしょうか？それは人間としての限界をはるかに超えていて、きちんとした人格を持った人間に対して許されるべきことではありません。絶対に。しかもそれを皆に見られているのです。私は母が可哀相でなりませんでした。

神にすら、すっかり見放されてしまった母。あれほどに良い人間が、なぜこんな苦しみに支配されなければならないのでしょうか。ああ、神よ。あなたは何の罪もない人間の上に、なんというむごい仕打ちをなされるのですか？　これでは半殺しの死刑と同じではないですか。

この母の姿を見ていると、いったい誰の罪の故だろうかと、各々が母とかかわった過去の数々を思わずにはおられませんでした。母の苦しみは「自分のせいではない」と逃げたくなるような気分にさえなるのです。

母の手術時に、本当は私も直接医師に会って詳しい話を聞きたかったのです。けれど臨月の大きなお腹では行くことができませんでした。こんな時、臨月というのも何というめぐり合わせでしょう。せめて手術した晩に一緒にいて、手を握っていてあげられたらどんなに母は安心したことでしょう。手術した晩、さかんに私の名前を呼んだという話を思い出すと心が痛みました。「トンちゃん」と母が何度も呼んでいたということに心が残りました。どんなにか苦しかったのでしょう。

癌は一日にして成らず。人間は長く生きてゆく道々で、もろもろの人間関係の渦の中に巻き込まれます。その不均衡の中で、癌は生まれるのでしょうか。木々がどんどん生長して葉を繁らせ、夏へ向から生命力に溢れた中で、傍らでは一人の人間が死に向かって苦しんでいる……。そんなことを考えながら、私は梅雨の晴れ間の庭をじっと、意味もなく眺めていました。

一晩中続く呻き声

七月二十五日、熱三十九度三分。医者は朝昼晩、ポケットベルの連絡一つでどこからでも飛んできてくれる態勢を取ってくれました。

体の中の内臓の全てが癌に侵されているようで、働きが衰えている。肺が侵され、かなり重症の肺炎を起こしている。大きく口を開けて呼吸が荒く、ぜーぜー音がする。熱が非常に高い……。人は死にゆく前は必ずといっていいほど肺炎を起こし、高熱を出すといいます。熱い胸を冷やすため、胸に氷水で冷やしたタオルを置きますが、すぐに熱くなってしまいました。意識はほとんどなく、「水が欲しい？」と聞くと首を縦に振り、バナナジュースを一口、二口水差しから飲みました。

医者は定期的に朝晩二回は来てくれていましたが、忙しいのでしょうか？　診察を終えるとお茶もそこそこに、ほとんど無言のまま帰っていきます。きっと診察する側も辛かったのでしょう。そんな中、伯母はずっと母の傍で看病し続けてくれました。

「すごいね。夜中は一晩中、あーあって、うなり通しよ。ものすごく苦しいんでしょうね」

もう水と少量のジュースしか口に入らないのに、ストマを見ると丸くて軟らかいコロンとした黄金色の便が出ていました。「こんなに少ししか物が入らないのに、ちゃんと出るんだねえ」と伯母は感心していました。考えてみれば、この黄金色の便こそ母の命を握っていた重要な鍵だったのに。健康な便通という意味で。

このストマの手当ては、弟の嫁の京子さんが嫌な顔一つせず、淡々と手際よくしてくれていたのには感謝しています。実の娘にはかえってできないことなのかもしれません。京子さんは小学校の教師で、この頃は産休で一年間の休暇を取っていました。そしてこの年の十月から職場復帰を予定していましたが、母の死によって、結果的には退職してしまうことになります。

七月二十六日、午前八時頃、母が口から血を一筋、二筋と吐き、医者を呼ぶと、胆汁だと言われました。

呼吸は非常に速く、荒く、胸も腕も体全体が非常に熱く、頬はすっかりそげ落ち、こめかみが極端に引っ込み、そのため頬骨が異様に突き出して見えます。前歯骨も異様に出っ張り、口を大きく開けて呼吸を荒くハアーハアーさせている様子は、魂が強い力で引きずり下ろされるように見えます。それはものすごい力のようです。

それでも「水は?」と聞くと、かすかに「うん」と応答があり、まだごくんと飲む力だけは残されているのです。人間は死期が近いと「水」しか入らなくなるし、そのうちに水さえ受けつけなくなるといいます。これを「末期の水」というのでしょうか。

父の連絡で、親類の者が続々と集まってきました。今まで私は、赤ん坊と三歳の娘がいるから夜は子供の面倒を見なければならなかったのですが、もうそんなことも言っておられず、母の傍で寝ることにしました。

そしてこの晩、母には、私が買っていった新しい紫色の菖蒲《あやめ》柄の浴衣が着せられました。

熱は三十九度はないけれど、三十八度台を行ったり来たり。夜になるにつれ、呻き声は一段と高く大きくなり、「うーん、うーん、うーん、うーん」と地の底からのように、重く低く響いてきます。

「トシコちゃんは、君ちゃんのこんな姿を見て、どんなにかつらいだろうと思うよ。でももう諦めなくちゃね。仕方がないから、諦めなくちゃね……」

伯母は疲れて諦め切ったように私にそう言いました。伯母も、妹のこんな苦しむ姿を見てどんなにつらいことかと察せられました。

真夜中の一時、二時、三時。唸り声は最高潮に達しました。あの声は一生忘れることができません。

「お母さん！　苦しいだろうけど頑張って！」

私がそう言うと、聞こえたのかどうか、何かしゃべろうとして口をもぞもぞ動かすような気配がしました。それがなんとも哀れで、まだ意識が残されていることに安堵と悲しみを覚えました。そして、薄明るい電灯の中に浮かび上がった母の体は、もう生ける屍と化しているのも同然でした。

母はまだ意識が十分あった六月頃、こう言っていました。

「これでも、私は子供を二人産んだわね」

今はこんな重病に侵されているが、それでも若い頃は健康で、子供を二人産んだ。そして何十年と生き抜いて、曲がりなりにも「おばあちゃん」と呼ばれるようになった。けれど生涯、胃腸は弱く、便秘に悩まされ続けた……そう思っての言葉だったのでしょう。

普通、尿が出なければ大変だと言ってすぐに病院に駆けつけますが、便秘の場合は下剤や浣腸に頼ればなんとかなるという安易な気持ちもあるもので、母の場合、それが慢性便秘や下剤の常用という悪循環になったのではないでしょうか。そのために長年の間に腸壁内に癌を培ってしまうことになり、気がついた時は取り返しのつかないところまで来てしまっていたと思われます。

こんなに特異な便秘、やはりそれは「病気」だったのでしょう。生まれつき大腸のある部分が細くて、そこを便が通過するのが困難だったのかもしれません。便秘は病気ではないと言う人もいますが、母の場合は確かに病的なものだったと思います。もう少し腸が強く、太く生まれついていたら、こんな病気にもならなかったのに……。他の全ての点では恵まれていたのに、この便秘だけはどうにもならない業病のようでした。一生「快便」をほとんど経験したことのない母は、その点に関しては大変不幸でした。愉快な話ではないので、人にそう話せることでもありません。だから余計に苦しい……。母の今までの長い便秘症との闘いを私はずっと見てきて、それを思い出しながら、ただ呻き続けている母の手をじっと握りしめていました。

母の枕元には、私が沖縄でおみやげに買ったミンサー織りの赤い小銭入れが置いてあり、その中には利尿剤が入っていました。最後の最後まで、母はこの赤いがま口を希望の星としていたのでしょうか。それを見ていたら、意識がなくなっているはずの母がこう言っているように思えました。

「このがま口はね、トンちゃんからもらった沖縄のおみやげなの。赤い織りがとても気に入っているの。この四つと五つの絣文《かすりもん》は『いつの世までも』という意味なのね？　私もいつの世までも生きていたいわ。だから、今、その中に薬を入れて飲んでいるのよ」

この赤い小銭入れは今、その当時のままの利尿剤を一粒だけ残し、私のたんすの中に大切な宝物としてしまわれています。それは母の最後の生の闘いの証として私が残しておきたいと思ったからです。

こうして母の呻き声を一晩中聞き続けているうちに、七月二十七日の朝が来ました。

「お母さんは今、亡くなった」

朝になって、私は伯母と看病を交代しました。母は午前八時頃また口から一筋、二筋、赤黒い液を吐き、胃の辺りには骨があるはずもないのに、骨が三、四個あるかのような硬い塊が手に触れました。従兄の医者は、お腹の中の内臓という内臓が癌に侵されてしまっていると言いましたが、この塊に触れて、それは本当なのかもしれないと思いました。

昼間になると母の呻き声はすっかり消え、静かに眠り続けました。体温は依然として高く、呼吸も荒く、顔には死相が現れ始めました。そんな中、今日か明日が峠だろうという予測が私にはありましたが、私たち家族は夕方、いったん浦和に帰ることにしたのです。その時、父は「帰らないでくれ」と言いました。それなのに、なぜ私は帰ってしまったのでしょう？　私は逃げてしまったのか？　それとも赤ん坊と三歳の幼子を連れての五日間の泊まり込みに、精神的にも肉体的にも参ってしまったから？　夫が迎えに来たから？　母の苦しむ姿が怖かったから？　その理由は今もってわかりませんが、私は卑怯だったのでしょうか？

それは夜の十時四十分頃でした。浦和に帰って遅い夕食を終え、一休みしていたら、電話が鳴りました。受話器を取ると、父の声です。

「お母さんは今、亡くなった」

最後は大きく一、二度深呼吸をして静かに息を引き取り、同時に口から血が溢れ出たといいます。もしも私が現場に居合わせていたら、つらくて耐えられなかっただろうと思われました。母の配慮で、私はあえて母の最期の姿を見なくて済むようにできていたのかもしれない……そう都合の良いように思うことにしました。

すでに言いましたように、祖父が死んだ時の様子を母はよく私に語って聞かせてくれましたが、母も同じように最後に大量の吐血をしたのです。祖父の死、そしてその娘の死、それはあまりにも似ています。祖父は胃癌、母は大腸癌。胃と腸の違いはありますが、消化器系統の癌であり、父と娘はまるでコピーしたかのごとく、同じ運命をたどってしまいました。癌の遺伝的要因は〝ある〟とは証明されてはいませんが、体質が遺伝することは決して否定できるものではありません。母の癌はまさしく、遺伝体質から発生したものと言えるのではないでしょうか。

美しい寝顔

父からの電話を受け、私たちは急いで支度をするとタクシーを頼み、真夜中の道を三郷市へと飛ばしました。着いたのは午前二時頃だったでしょうか。伯母が母の顔にかけられた布を払って私達に言いました。

「君ちゃん、とてもキレイになったよ。ほら見てごらんよ。これからもう一度、お嫁に行けるよ」

母は美しく化粧されて、顔には白粉と口紅が施されており、愛用の夏絣の着物が布団の上にかけられていました。つい七時間ほど前、死神に支配されて魂もろとも下に引きずり落とされるような、あの鬼女のような相貌は跡形もなく消え去り、それは美しく初々しい天女のような顔に変わっていました。なんと不思議なことでしょう。

それは、青く美しく澄み渡った湖面に似ていました。死とはこういうことなのでしょうか。全ての煩悩が取り払われて、残るは静寂のみ。苦しみが肉体から完全に抜け出すと、それは嵐の去ったあとの秋の青空のように、何事もなかったかのように美しく晴れ渡って清らかなのです。なんと母の顔は初々しく、可愛らしく、美しかったことか！

私の夫も、母の先ほどの表情との違いに驚いていていました。

「こんなにも美しくなるものか？」

不思議なことに涙も悲しみも湧いてこず、私はいつまでもいつまでも、その美しく変身した天女のような顔に見入っていました。

死にゆく時の人間の、苦痛に歪んだ顔が美しいはずがありません。でも今、母の魂は天国に召されて、美しい女神の姿に変身したようです。やはり死んだあとにはその人の本来持っている資質が現れるものなのでしょうか。

私は、母が死んで悲しいというよりも、むしろ苦しみから逃れ、楽になって良かったのではないかとさえ思いました。あれほどの地獄の苦しみを味わったのだから。でも、もうそこには何もありません。あの恐ろしい呻き声すら今はなくなってしまったことが虚しい！　母は特急列車のように私たちの目の前を足早に通り過ぎていってしまったのです。叩こうがつねろうが、冷たい肌が無情に触れるだけ。北向きに寝かされている母の顔は、ろうそくの光がゆらめいても能面のように不動でいます。あれほど熱にうなされ、熱かった肌も、もう血の流れが全く止まり、すっかり冷えてしまっています。それは火山が激しく噴火し、溶岩流出後に冷えた地面のようでした。

癌の猛威に包囲され、食い尽くされてしまった母。冷たい体は永遠に冷たく、その魂は二度と蘇ってくるはずもなく、もうその口からは永遠に言葉が出ることもないのです。そして、永遠の眠りにはもう二度と苦しみも襲い来ることはありません。悪魔の支配は完全に去ったのです。

その死によって、母には初めて絶対に乱されることのない永遠の眠りが約束されました。魂の永遠の安息が得られたのです。

そして、その美しい寝顔は、永久に美しいままでいることでしょう。

讃美歌四八五

一、母なるみやこよ　エルサレムよ
やすけき港よ　聖徒《せいと》の地よ
いつの日ゆくべき　汝《なれ》がもとに
いつの日　果《は》つべき　わが悲しみ

二、かしこに雲なく　闇の夜《よ》なし
人みなむつびて　こころ清く
み神のひかりに　日とかがやき
たのしき歌ごえ　みちわたれり

三、花咲きにおえる　とこ世の園《その》
大路《おおじ》をながるる　いのちの河
たえなる調べは　地をうるおし
岸べにいのちの　木はしげれり

四、生命《いのち》の木《き》の実《み》の　永久《とわ》にみのり
みつかい集《つど》いて　うたうところ
エルサレム我が家　母のみやこ

世の旅　果てなば　ゆかせたまえ

第七章　短い夏、秋から冬へ、そして春

美しき青い空

母の死と同時に、重苦しく垂れ込めていた梅雨空もまるで嘘のように消え去り、太陽がかっと照りつけ美しく青い空が広がる暑い夏が訪れました。陰鬱で暗く長い梅雨は、母の病の象徴だったように思えます。空も、母と共に苦しみ、悲しみ、そして泣いていた、そう思っています。石原裕次郎さんが亡くなった時、兄の慎太郎さんもこれと同じようなことを言っています。

「弟が死んだ日、病院から仰ぐ梅雨が明けたかに見えた東京の空には虹がかかって見えた。あれは弟にあの形の宿命を与えたものが、よくその責を果たした弟に贈った戴冠だったのだろうか。あの虹をもたらしたものの目は、死に臨んで弟の心臓が四度止まりながらまた蘇って打ち直したさまを見とどけていたに違いない。

枕元に立ちつくしながら私は、弟が両の目を見開いている限り、彼の闘いがいまだ終わらぬ痛ましさを固唾を飲みながらただ見守っていた。

そして、最後の心臓の蘇生の後、長かった劇の幕切れに降りる緞帳のようにその眼蓋が静かに閉じ出した時、ようやく彼に完璧な休息が訪れたのを感じとることが出来た。

実は過酷な怪我と病苦との闘いの連続だった弟の人生の所詮の傍観者として、私がその時感じたのは、哀しみなどではなしに、私も愛した一人の男に、今、その生涯に唯一報いるべく大いなる眠りが訪れてくれたという深い安堵だった。

一つの死が、当人だけではなしに、その周りにいるある人間たちにとって、これほどの憩いであることを私は初めて知らされていた。

そして悲しみは、はるかに遅れてやって来た。骨になって帰ってきた弟を眺めた後の、この滅入るような欠落感がいつ拭い去られるのかを私は今は思うこともできずにいる。」（石原慎太郎「戦士への別れ」『愛蔵版　石原裕次郎』朝日新聞社）

最後の化粧

義父のお葬式の時、焼き場の帰りにバスの座席に腰かけながら、「もうこれでしばらくはお葬式はないだろう」と思っていました。それが悪魔に不意をつかれたように、その九ヵ月後に訪れた母の死。人の命のはかなさは予測することができないことを、母の死によって痛感させられました。

義父のお葬式の時に、焼き場で思いつめたように頭を垂れ、一点を見つめていた喪服姿の母を思い浮かべます。「この次は私なのだろうか」と思い悩んでいるようにも感じられたのでした。

母の遺影は大きく引き伸ばして額に入れてありました。良いと思って選んだ写真の、あんなに穏やかで、爽やかで、平和に満ちていた顔が、なぜか重苦しい感じになっていました。それは、下の着物の部分が多少太った他人のものであったからなのか、それとも病気そのものの重さが自ずと相貌に現れてしまったのか……。しかし、白菊の花々に囲まれた母の顔は、物言わずともこう語っているようでした。

「どうもありがとう。私は皆の手厚い看護を十分に受けて、畳の上で死ぬことができました」

祭壇の両脇に飾られた提灯の回転灯は、青や赤や黄の光を走馬灯のようにぐるぐると回し、母の死後の妖しい夢の世界を表しているようでもありました。

父は、母が以前入院していた時に同室だった両脇の二人の方に死去の連絡をしました。胆石手術の方は具合が悪いということで来られなかったのですが、もう一方の親切で性格のさばさばした村上さんは飛んできてくださいました。入院時の同室の人というのは、同病相哀れむというか、お互いに苦しみの度合いが強い時期を共有しただけに、その心の結びつきはなかなか断ち難いものがあるような気がします。だから飛んできてくださったのでしょう。ありがたいことです。この方は、その後また入院されたと聞き、私は早く良くなってほしいと念じてやみませんでした。

一夜経つと、初々しかった母の頬も細くなり、鼻がとがり、眼窩はくぼみ、またそれがますます神々しさを生み出しました。顔を横に向ければ横に向き、それはまるで鳥のなきがらのように、なされるがままになっているのが、涙を誘いました。

しかし、なんということでしょう！　体を横に動かすと、口からは血が流れ出てくるのです。その血をティッシュで拭くと、唇についていた紅が取れました。私は自分の口紅と紅筆で、紅を塗ってあげることにしました。

生きている時は、唇は弾力があって押し返す力がありますが、死んでしまうと唇も弾力を失ってしまい、紅筆で塗っても、それきり元に戻らないでへこんだままです。私は魂の抜けた母のなきがらを傍にして、心の中で号泣しながら塗り続けました。娘の私がこうして母親に死に化粧をしてあげられる、これも最後の親孝行かなと思いながら、指の腹で口紅を延ばしてあげました。

傍で見ていた伯父が、つくづく言いました。

「やっぱり母娘だねえ、ああやってちゃんと化粧してあげているもの」

この伯父はいつでも母を思い出すたびに、「君ちゃんは棘がなくて優しかった、優しかった」と言ってくれています。母も伯父を自分の夫の長兄として敬っていた点も多分にあったと思います。

黄泉への旅立ち

美しく化粧され、爽やかな夏絣の衣をかけられた姿は、お洒落好きな母にふさわしい最後の正装だったと言えるでしょう。これは伯母のアイデアだろうと、その演出のうまさに感心しました。その伯母は、「君ちゃんはずいぶん着物をたくさん持っていたんだね」とびっくりしていました。

そして、白い経帷子《きょうかたびら》に身を包み、編み笠に手甲脚絆《てっこうきゃはん》に杖、六文銭。いよいよ三途の川を渡り、黄泉の国への旅立ちです。

「あなたは独りで歩いていけるのですか。新しい旅立ち、今度こそは健康な胃や腸を持った丈夫な人間に必ずや生まれ変わってください。そして少し下品なくらいでもいいから、大いに食べ、かつ笑い、歌い、愉快な人生を送ってください」

そう祈りつつ、木の香も新しい柩に納められていく母の遺体に、新たな涙が込み上げました。

しかし、ああ！　柩に入れる時にまた口から一筋、赤い斑点が白い布の上に落ちたのです。私が本当に泣けたのは、この瞬間だったでしょうか。母はどんなにか苦しかったのでしょう……。

私はよく思うのですが、脳卒中で死ぬ人はそのために今まで生きてきたのであり、癌で死ぬ人はそのために生まれて、生きて、死んでいくのです。人は死ぬために生まれてきたと言ってしまうのはあまりにも虚しいようですが、人生とはそういうものなのではないでしょうか。しかし、人が人生の盛りを生きている時は、ただがむしゃらに、馬車馬のように脇目もふらず走り続け、自分の老後のことや自分の最後はどのようになるのかなど考える余裕もないと思います。だから、一生懸命に生き抜いてゆく姿にこそ意味があるのかもしれません。

自分をいじめることもなく、無理をせず、いたわって生きる姿勢は大切だと思います。そして、生きているのは自分一人ではないから、他人とのかかわり合いを大切にして、ストレスを生まないような人間関係を作るように努力することも。

炎天下での母のお葬式は、黒のワンピースがとても蒸し暑くてたまらなかったのを覚えています。本当に暑い日でした。夏よりも秋のイメージが強かった母にはふさわしくないようにも思えた猛暑の中のお葬式。空は青く晴れ渡り、太陽は強い陽差しで照りつけ、夏本番となりました。天候そのものも、母の昇天を祈ってくれていたのでしょうか。

焼き場に向かうマイクロバスに乗って外の景色を眺めると、緑の稲田がさわさわとしていて、これから焼かれて骨になってしまう母を悲しいと思うより、不思議と爽やかな気分になっている自分を見いだしました。

いったいなぜなのでしょう。あれほどの地獄を見たあとだったからなのでしょうか？

しかし、骨になって帰ってきた母には、また、違った意味での本当の悲しみ、もう仏になってこの世の人ではなくなってしまったという悲しみがこみ上げて来ました。

母の鬼火

八月十五日の夜、私は不思議な火を庭に見ました。我が家はその頃、庭にあるたくさんの植木を切って焼却炉で燃やすという習慣がありました。いつもなら、夕方燃やした焚火も、夜になれば水をかけなくてもそのまま自然と消えてしまうことが多いのですが、その日に限って、なぜか深夜になっても消えずに残っていたのです。

真夜中の二時頃、トイレに行って何気なく窓のカーテンから庭を垣間見た時、そこに赤々と炎を高く上げて、ひとりメラメラと燃えている火を発見しました。その火はあたかもあざけり笑っているかのように激しく燃え盛っていて、私は体が硬直するのを覚え、心臓が止まるような気がしました。

「ああ、これは、鬼火だ！」

メラメラと赤く高く炎を上げて、こんな真夜中にひとりで燃えているとは！　これは普通のことではありません、何かあります。いったいどうしたのでしょう？　ああ、そうです。今日はお盆です。きっと母の霊が私の所にやってきたのでしょう。きっとそうです。そういえばこのあたりは去年の今頃、母と父と私の娘が三人で写真を撮った場所です。そうです。きっとお盆だから、母の霊が私達に会いにここにやってきたのでしょう……そう思いました。

人が寝静まった真夜中の深い庭木立の中を入っていって、夫と二人して水をかけ、やっと火を消しましたが、このような火は生まれてこの方、あとにも先にもその時一度しか見たことがありません。これは私の錯覚でも幻覚でもなく、事実だったのです。

私は割と霊感が強いほうです。体と精神のバイオリズムが合う時は、異常な超能力を持つに至るということがまれにあるのです。それにしても、不思議な火でした。

ヘメの自殺

お盆の日の不思議な火の他に、もう一つ不思議なことがありました。それは、母が可愛がっていたヘメという名の猫が、母の死後十日ぐらいして車にはねられて死んでしまったことです。

ヘメは前にも書きましたが母が病床にいた間、ずっとその布団の端のほうでうずくまって寝ていました。しかし事は急変し、通夜や告別式などで大勢の人たちが訪れたので、びっくりしたこともあったのでしょう、急に姿を見せなくなってしまったのです。

ヘメは母が亡くなる六年ほど前に私が拾ってきた猫でした。ドブ川に落ちて水を飲み、お腹がパンパンに膨れ、苦しそうに泣いている子猫を私が見つけたものです。ヘメは大人になってもあまり体が大きくならず、けれどとても可愛らしくて、いつも自分が拾われたことに深く恩義を感じているようでした。どこかおどおどしていて、従順でおとなしく、抱くと軽くて温かく、小さな縫いぐるみのようでした。母はヘメをとても可愛がり、いつも「ヘメ、ヘメ」と呼んでいました。

そのヘメが、車にはねられてしまったのです。父が、「あれはお母さんを追っての後追い自殺だよ」と言っているのを聞き、私もそうだと思いました。母がいなくなったことがわかり、自分を可愛がってくれる主人がいなくなったことを嘆き、世をはかなみ、自ら車に飛び込んでいったと思うのです。猫は〝魔物〟などと言われることもあり、猫の考えていることは摩訶不思議で、人間の想像力では遥かに及ばぬものがあるのかもしれません。

「お母さん、ヘメはあなたのために死んでいったのよ。あなたと運命を共にしようと思って自ら車に飛び込んでいったのよ。なんと健気でいじらしいことでしょう。それはあなたが可愛がったことを深く感謝し、恩義に感じていたから。だからあなたを追って自ら死を選んだのよ。ヘメには本当に可哀相だったけど、光栄でしょう？　そんなにまでも思われて。きっとあの世でまたヘメと一緒に暮らすことができるわよ」

私は心の中でそうつぶやき、実家の庭の一角に作られたヘメのお墓に、お線香をあげました。

猫好きだった母

母はもともと猫がとても好きでした。それも母の心優しい一面だったと思います。

私が小学校の頃、東京・葛飾のお寺からもらってきたタマという名の利口な雌猫がいました。この猫はよく子供を産み、母はいつもタマのお産に立ち会ってあげていました。しかし最後のお産の時は留守をしていて見てあげることができず、その産後の肥立ちが悪かったのか、タマは体を壊して寝込み、最後によろよろっと二、三歩歩いて息絶えてしまいました。

そのあとは雄猫を飼いましたが逃げてしまい、十年間くらいの間隔がありましたが、雌猫のナナ、ネネ、雄猫の太郎、小太郎、そして雌猫のヘメを飼いました。私の実家は雄猫より雌猫のほうが相性が良かったようです。

猫にも人間と同じような感情があったり、病気があったり、食べ物の好き嫌いがあったりと、なかなか興味深い点があります。私も猫は大好きです。

最も長生きしたのがナナというシャム猫の血を引く黒猫でした。これは私が知人からもらってきた猫で、恐ろしく気性の激しい、繁殖力の強い猫でした。子供をたくさん産みましたが、自分の子供に対する本能的な愛情も異常に強く、子を守るためには自分の数倍もある犬に歯向かっていくという勇敢さがありました。しかし晩年は眼をやられ、黒目が真っ白になって（これは白内障なのでしょう）、ほとんど見えなくなってしまいました。母はそんなナナを辛抱強く看病し、ナナは母が亡くなる二年前の五月に十八年間の命を閉じました。人間でいえば九十五歳くらいになっていたと思います。

母が日常生活の中でいかに猫とかかわっていたかを感じさせる句として、次のものがあります。

秋の暮猫につまづく厨事《くりやごと》
猫の目と合ひて葱《ねぎ》切る夕厨《ゆふくりや》

猫はとても腹っぺらしで、よく台所に来ては食べ物をねだり、上を向いて鳴きます。ですから忙しく夕食の支度をしている時など、足やしっぽを踏んでしまいます。するとギャーッと鳴きます。そんな様子がよく出ていると思います。そして、それはまた平和でささやかな日常生活の断面でもありました。

再び母の夢

母の死の一ヵ月ほど前の六月二十五日、二十六日の晩、私は母の夢を見たと書きましたが、その後、約四ヵ月ぶりの十月六日と七日にまた続けて二晩見ました。

十月六日の夢です。私の実家近くの神社の前庭で、女の人が口から血を吐きながら横たわっていました。私がバスに乗ると、黄色い着物を着た女の人が笑いながら座席に腰かけていました。しばらくして見ると、その人はいなくなっていました。私は次のバス停で降りようとして、立って運転手の所に行き、「さっきの女の人はどこで降りたんですか？」と聞きました。すると、「知らないよ。そんな人は乗ってなかったよ」と言われたのでした。

十月七日の夢です。私はインドのガンジス河かメソポタミア地方の大きな河辺を歩いていて、そこでは多くの若い女たちが沐浴をしていました。河は深い緑色をしていて底知れぬ深さをたたえていました。淵に落ちそうになる恐怖を感じながら、やっと河を渡って丘に上ると、そこには花の咲く樹木がいっぱい生えていました（それは桃か梨か林檎か、そんなものだったのですが、たぶん桃源郷なのでしょう）。そこを通って歩いていくと、白い墓石の並ぶ墓地があり、墓石の間に私と母と弟が座っていました。すると前に座っていた白髪のおばあさんが振り返って、にこにこしながら話しかけてきました……。

この夢を見た翌日の午前中、父から電話がありました。

「きのう、お母さんのお墓が決まったよ」

偶然の一致なのかもしれませんが、夢は何かの暗示である場合も多いようです。

消えた断腸花

母のお墓が決まった頃、我が家の庭には、今を盛りと秋海棠が咲き乱れていました。淡紅色の可憐な花々、そのうす紅色は情趣があって人を惹きつけます。

亡くなる前年の秋、秋海棠の咲くこの庭を訪れた母。母はこの花を一目見て好きになってしまったようです。そしてその四ヵ月後に手術を受け、さらにその半年後に亡くなりました。この花を見ると、私は今でも心が痛みます。

秋海棠咲きて母亡く庭さみし　敏子
うす紅の色秘めて咲く秋海棠　敏子
うつむきて何を嘆くか秋海棠　敏子

秋海棠には別名「断腸花」という悲しい名前があることは前にも述べました。いったい誰がつけた名前なのでしょうか。断腸の思いで嘆き悲しんでいる花、この花との出合いが母の運命を決めてしまったのか……そうも思いました。私だけが一人、そうこじつけてしまっているということはわかっているのですが……。

やがて時は過ぎて冬枯れの季節となり、秋海棠は全て姿を消しました。まるで淡雪が溶けるように消え失せ、わずかにカラカラに乾いた花の名残だけが、かさこそと風に揺れていました。しかし、その地面を少し掘ってみると、そこにはもう長い地下茎の所々に薄緑色の新しい小さな芽が用意されているのでした。

この地面がある限り、またこの地球がある限り、宿根草の断腸花は根を深く張って毎年花を咲かせ続けるのでしょう。か弱そうに見えても植物は強く、ただの感傷的な断腸花ではなく、たくましいものです。

けれど、人間の断腸花は消えてしまいました。悲しくはかない命でした。

天変地異と母の魂

昭和六十一年十一月二十一日、三原山が大噴火をしました。この時、火口から真っ赤な火柱が夜空高く舞い上がり、激しい溶岩流が山麓を幾筋にもなって下りました。これを見ていて私は、これは母の魂の怒り狂った姿なのだろうかと驚きました。溶岩は地球の内臓部のドロドロした血液のように思えます。地球も一つの人体のようでもあり、人体は有限の存在でありながら小宇宙とも言われます。

そういえば母が死んでから十日後の八月六日、故郷の小貝川が洪水で決壊しました。この時も、これは母の魂が自分の生まれた山野を龍神になって駆けめぐり、その無念な思いや怒りが川を氾濫させることになったのだろうかとも思いました。平将門が死してのち、その怨霊が雷神となって天地を揺るがし、人々を大いに恐れさせたという伝説があります。将門の魂が母に乗り移って、天変地異を起こさせるほど強烈なものになったのかと思ったのです。

小貝川は古くは小飼川、蚕養川とも書いたそうですが、大変な暴れ川だったそうです。現在ではすぐ西にある鬼怒川とは独立した川として利根川に流れ込んでいますが、江戸時代以前は両河川が入り乱れて流れていたそうで、流域はたび重なる洪水に悩まされたと伝えられています。

しかし、心優しかった母が死んでのちもそのような怨念を持っているとは思えません。満足して成仏していったことと私は信じます。また、祈ります。

「主よ！　憐れみ給え。魂の永遠の安息を守り給え」

一人悩んだ母

母の宝は〝心が優しかった〟の一言に尽きると思います。それは天性のものだったでしょう。ただ、その優しさも体力的なものに起因していたのだろうかと思うことがあります。優しく、美しく、品があって、と母を表現できる言葉をいくつも見つけられます。しかし、私がいつも思い出す母の顔は、「便秘がひどい」と悩んでいた顔です。母はついにその宿病から逃れられませんでした。

特に癌発覚の五年くらい前になると、便秘薬なしには暮らせないような日々が続いていました。俳句の中に、そんな一人悩める姿を発見します。

霜の朝膝にこぼれし粉薬
ハンカチを濯《すす》ぎ憂きこと流しけり
縁先の萩にささいな愚痴こぼす
息切れをなだめ佇《たたず》む鰯雲《いわしぐも》
紫陽花の風の重き通院路

俳句は、そんな苦しい自分から逃れる一つの魂の安息所であったのかもしれません。何かの形で自分の苦しみをわかってもらいたい、表現したい、それが母の句作であったのかもしれません。

怖い便秘

最近は集団検診制度の徹底と人々の積極的参加によって、胃癌は早期発見が可能になり、発見率も治癒率も高くなっています。一方、大腸癌は近年急激に増加してきており、特に女性の場合は癌の死亡数の中で第一位となっていて、定期的な検診の必要性が叫ばれています。

越谷市立病院の坂元一久医師は著書『たかが便秘されど便秘』（農山漁村文化協会）にこう書いています。「大腸癌の特徴は血便と体重減少があげられる。重度の便秘は大腸癌との関係を考えてみる必要がある」と。それに従うなら、母の場合は典型的な大腸癌であったと言えるのかもしれません。

大腸癌の発生の要因としてよく言われることは、食生活の欧米化です。戦前の穀物、繊維質、野菜類を中心とした食事から、肉類、脂肪を中心とした高カロリー、高蛋白の食生活への変化がその主な原因ということです。なぜ肉や脂肪を中心とした食事が大腸癌の原因になるかというと、動物性脂肪を多食すると胆汁酸の分泌が盛んになり、腸内細菌によってその胆汁酸が分解される時に、発癌物質が作られると考えられているからです。また、繊維質の摂取が少ないと便の量が減って、腸内の移動時間が長くなり、その結果、発癌物質と大腸粘膜が接触する濃度と時間が増し、発癌の危険が上昇するとも考えられています。つまり、母のような長年の便秘は、癌のための土壌を用意してやるようなものなのです。

癌になるには遺伝的な体質の問題もあるかもしれませんが、ほとんどは食生活などの生活習慣が原因となっているようです。また、その他の原因としては、アルコールやタバコが危険因子と言われています。特に大腸癌を防ぐ方法としては、肉食と脂肪分を避けて、日本人本来の食生活を取り戻して食物繊維を多く摂ることが望ましいとされています。

便秘は日常生活が不快で、美容上も大いに問題のあるところですが、それよりも、このように大腸癌と関係のある恐ろしい病気だったのです。私が今年の夏、浦和の街中を歩いていて、ある宗教団体の建物の前を通った時、そこの掲示板に書かれていた標語にハッとさせられました。「神さまは、人の毒を日に日に大小便によって洗い流して下さる」。そうか、やはり便秘は体に毒を溜め込む結果になって、悪い病気の元になるのかもしれないと、今さらの如く感じました。

平凡で坦々とした母の一生

いつか母がこんなことを言っていました。

「私の人生は太く短くではなく、細く長くだった気がする。大した華々しいこともなかったし、平凡で坦々としていて代わり映えがしなかったと思う。でもこれが一番、幸せなことなのかもしれない。幸いお父さんも真面目だし、子供は二人とも良い子に生まれたから、それだけでも十分に幸せなことと思わなければいけないのかもしれない」

非凡で華麗なる人生とは？　女優、作家、画家、代議士、実業家、医師、弁護士になって活躍するか、あるいは大臣、外交官の夫人になって各国を回り、華やかなイブニングドレスを着てレセプションに臨むこと？　母はもちろんそんな大それた野望は持っていませんでした。しかし、何か人と違った自分の才能を発揮できるような人生を送りたいという希望は持っていたのかもしれません。たとえば絵の勉強を専門的にして女流画家となるようなものを。けれどその人生の最後は、それこそ非凡でドラマチックなものとなったわけです。

もちろん、もう少し健康に恵まれて長生きさせてあげたかったという思いは残ります。もっと孫が大きく成長して、小学校に上がる頃まで生きていてほしかった。俳句のほうももう少し深く追究し、同人になるところまで行ってほしかった。人生八十年の時代に六十七歳の死は惜しいような気がします。しかし運命かな、寿命かな、惜しいところでその命は尽きてしまいました。

母の一生は平凡で地味で、代わり映えがしなかったかもしれません。しかし、本人が言ったようにおおむね幸せだったと言えるのではないでしょうか。強いて言うなら、大胆で気丈に積極的に運命を切り開いていく強い性格に生まれついていたら、太く短くか、太く長くかはわかりませんが、波瀾万丈、非凡な人生を送っていたかもしれません。けれどそうだったとしたら、きっと母自身は傷つき、疲れ、挫折や苦労の多い人生になっていたでしょう。

父はよく言っていました。「平凡ほど、平和で平穏で幸せなことはないのだ。毎日が非凡だったら、それこそ落ち着いて生活もしていられないだろう」と。母にはやはり、上品でつつましやかで、夫に寄り添って生きていくという人生がふさわしかったのだと思います。そして、世間知らずのお嬢様っぽい心のままで死んでいった気がします。

当時、私の娘の通っていた幼稚園でとっている雑誌『母の友』(福音館書店)に、「日本の母」という特集があり、読者からの手記が多数載っていました。そこに出てくる母親は皆、私の母と同年齢かそれ以上の人でしたが、まるで苦労するために生まれてきたような人ばかりで、「上品で文学的な」というイメージとはほど遠い存在です。編集者がそういう人の手記ばかりを選んだのかもしれませんが、とにかく生活のためには自分の身を削ってでも、あるいはどんな職業に就いてでも、汗水流して働いてきた肝っ玉の太い母親ばかりでした。それに比べたら、私の母は生活のため、お金のために苦労したことがない点で、恵まれていたのだなとつくづく思います。だから「平凡」な幸せというのは、ある意味では贅沢なことなのだなと思いました。

母が亡くなり、短い夏が過ぎ、秋を迎えて冬となり、いつしかその厳しい寒さも和らいで、梅のほころぶ季節を迎え、そして三月二十一日のお彼岸の中日。三郷市常楽寺に墓が完成すると同時に、母の納骨式が行われました。早春の雨に濡れた土は柔らかく、温かい感じがしました。もう春は、そこまで来ていました。

第八章　母と俳句

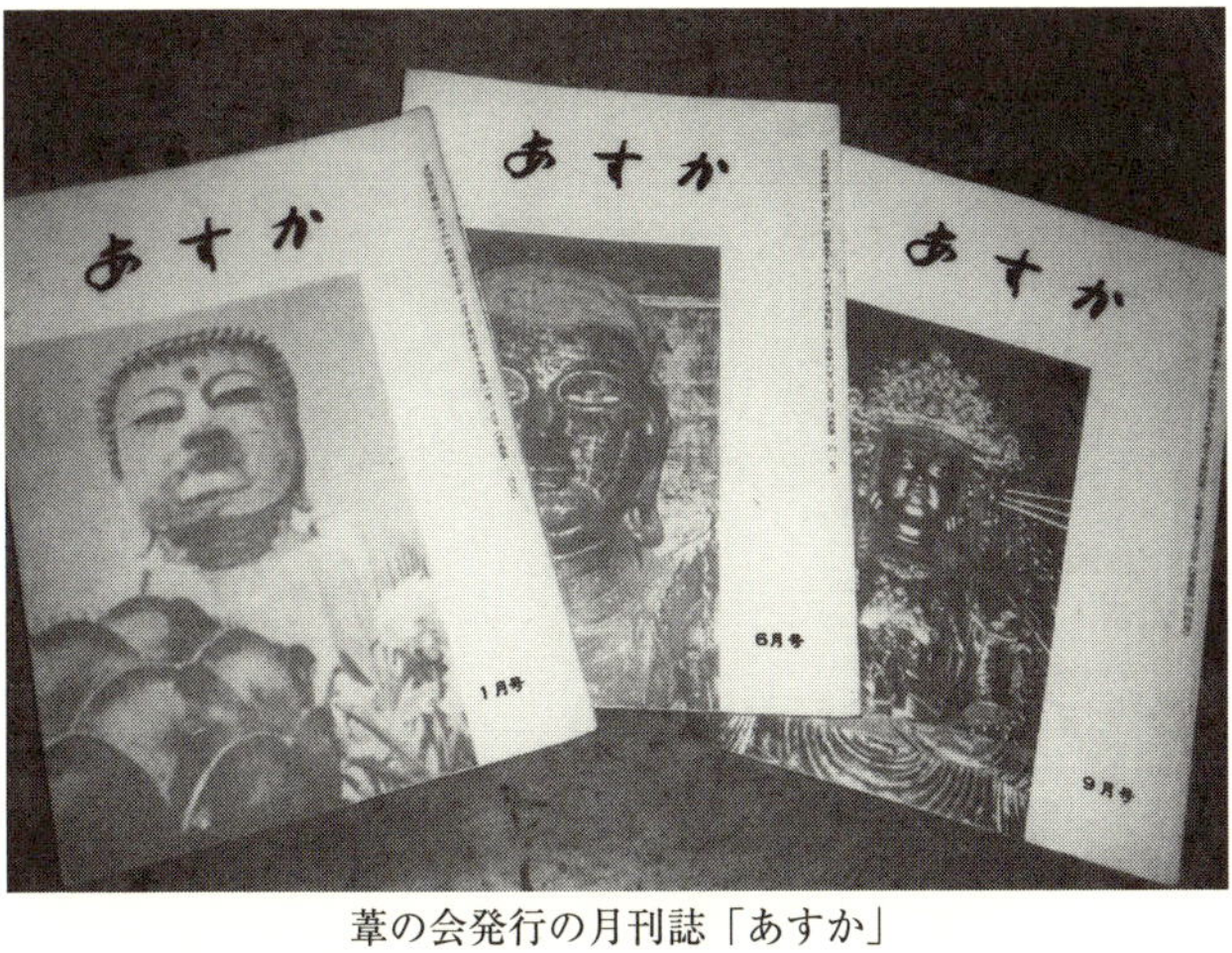

葦の会発行の月刊誌「あすか」

絵心を持ち続けた母

前にも言いましたように、晩年の母は、俳句に情熱を注いでいました。

母が俳句を始めるようになったのは、昭和五十五、六年頃からではなかったかと思います。その頃から、書店に行ってては季語研究のため歳時記を買ってきたり、NHKテレビ「婦人百科」の俳句入門を見ては句作りに励んでおりました。それはまさに六十の手習いです。だからあくまでも趣味、素人の域は脱しないと思いますが、自分なりに研究に研究を重ねていたようです。

俳句を始めたきっかけが何かははっきりわかりません。ただ、老後の精神生活をより豊かにするため、何かと模索していた母の興味は、最初は絵に向けられていました。

私の実家のある埼玉県三郷市は、江戸川を挟んで千葉県と隣り合う位置にあり、東京に近い距離にありながら、昔は鉄道が通っていなかったこともあり、文化的発達の乏しい所でした。でも私の幼い頃は、緑豊かな田園風景が広がっていたことがなつかしい思い出となっています。江戸川の堤防には、春になると黄色の蒲公英《たんぽぽ》が咲き乱れ、背の低い朱赤の野木瓜《のぼけ》の花に心をときめかせました。田んぼには絨毯を敷きつめたように蓮華《れんげ》の花が咲き、白いクローバーで花輪を作りました。田植えの頃は、水の張られた水田に蛙の大合唱が始まり、小川に入ってザリガニや小鮒をとって遊びました。夏は背丈を越える葦も冬には刈り取られて、河原を野兎が走っていました。

一九七三年（昭和四十八）に武蔵野線が開通して三郷駅ができ、広い田園地帯に広大な規模の「みさと団地」ができ始めると、東京方面から一気にたくさんの人が流入してきました。三郷市はもともと付近の彦成村、早稲田村、東和村の三つが合併して一九五六年（昭和三十一）に三郷村になりました。その後、町制、そして一九七二年（昭和四十七）に市制が敷かれ三郷市となり、その結果、都市計画の整備などで生活様式が変化し、急激に文化の質が向上していったといえます。また、高速道路、常磐自動車道、東京外環自動車道の分岐点として物流の拠点にもなっています。

そんな中で、市の主催する絵や俳句、書道、手芸、茶道、生け花、ジャズダンスなどのサークルが盛んになってきました。大型スーパーもでき、人々のファッションも多様化し、都会と変わらなくなってきました。

母はもともと絵が好きでしたので、最初は市の油絵教室に入って油絵を習っていました。女学校を卒業後、美術学校に行きたかったところを親の反対でやむなく諦めたことは母の生い立ちの部分で述べましたが、それでも絵心は一生持ち続けていたと思います。

母は普段の生活の中でも常にスケッチブックを携えていて、水彩絵の具やクレヨンで、庭に咲く花々をよく描いていました。丹念に、優しく、思いを込めて描く花々は、温かく優しい感じがしました。どちらかというと、ごてごてした油絵より、淡い水彩画のほうが好きなようでした。でも油絵教室で、皆と一緒に市の文化祭に男の子の絵を出品したら、金賞を受賞したことがありましたので、油絵のほうもまあまあだったのでしょう。

その教室が一、二年で終了したあと、さてこの次は何を習おうかと考えていた時に思い浮かんだのが俳句ということになったのだと思います。もともと母は文章を書くことも好きで、手紙などまめに書いていました。

母がよく口にしていた言葉を思い出します。

「年を取っても、孫のお守りだけで終わってしまうのではなくて、何か自分の世界を持ちたいわ」

出合いの旅

母が通うようになった俳句教室は、三郷市の俳句研究会「葦の会」の指導によるもので、葦の会では月刊誌『あすか』を発行していました。毎月、同人の作品を中心に編集されていましたが、教室のメンバーも四、五作ずつ自分の句を投稿していました。同人になるのには相当の年数と経験、研究、錬磨が必要とされ、母はもう少しで同人というところまで行ったそうです。惜しいことでした。

俳句作りの楽しみは、四季折々の事象を詠むことです。それと共に、句会の仲間と吟行や旅行に出かけることにも、また違った楽しみがあったようです。初夏の菖蒲園に、秩父の札所寺に、そして静かな山の湖畔の宿に、それから夫婦で出かけたフルムーンの東北のひなびた温泉や山寺への旅に、また自分の生家にと、その題材を求めて歩きました。季節との出合い、人との出会い、古きものとの巡り合い、そして常に新鮮なものとの邂逅に心ときめかせていたと思います。それが生きることへの喜びと充実につながっていたことも確かです。

「出合い」の大切さというものは、私が生け花を習っていた時、小原流家元の小原豊雲氏がよく使われていた言葉です。生け花ではまず花材という自然素材との出合いがあり、それから芸術との出合い、さらに発展していって自分との出合いにつながる、ということをおっしゃっていました。「出合い」を求める姿勢、これは常に研究心、好奇心、開拓精神を忘れないということになるのでしょうか。

芸術的、宇宙空間的出合いというような大それたものではなく、日常生活のごくささいな出合い、例えば道を歩いていて可愛いピンクの芙蓉の花が咲いていたのに心ときめいたというようなことも一つの出合いだと思います。そんな心の出合いの旅を続けた母の俳句を紹介してみることにしましょう。

母の句作は、死の二ヵ月前くらいまでは続けられていました。

故郷《ふるさと》に向ふ雲あり木の芽吹く
蓮田行き浄土の余香の花開く
藤垂れてゆかしき影を水に置く
作務僧《さむそう》のひたすらに掃く春落葉
花便り旅への地図に夢ひらく
リラの花匂ふて乙女《をとめ》のうす化粧
綾とりの指先からむ春の風
蒲公英《たんぽぽ》やわらべ駆け来る道路鏡

寒雀そつとのぞけばもろに飛び
光輪を秘めてさゆらぐ白牡丹

〈昭和五十七年、群馬県丸沼にて〉
鴉《からす》啼き旅寝の窓の明け易し
老鶯《らうをう》や水よる昏《く》るる沼の宿
老鶯や湯宿の窓の半開き

〈昭和五十七年晩秋の頃、秩父大滝村にて〉
山宿の格子戸秋日せまりくる
残照の茶屋にぬくもる茸汁《きのこじる》
秋深かし地蔵の膝の銭錆びて
寺深く燈火ゆらぎぬ石蕗《つはぶき》の花
落葉踏み傘寄せ合ひて句碑をよむ
片蔭の水子地蔵の細い眉
岩清水離れ羅漢の翳《かげ》ふかし

〈昭和五十八年五月、房総にて〉
磯の香の貝こりこりと宿ゆかた
初夏の旅蝶の案内の城近し
浴衣着て朝市のぞく髭《ひげ》の貌《かほ》
朝の海とびの輪低く鰹船《かつをぶね》
青葉湖《うみ》きらめく浜の朱の鳥居

〈昭和五十九年八月、東北旅行にて〉
花笠の小さきをかざし子の踊り
とつぷりと暮れし旅空星まつり
七夕の墨あをあをと文字を生む
夕蝉に心あづけて旅の空
蝉の声耳を澄まして旅果つる

〈自分の生家を詠んだ句〉
石蕗《つはぶき》の花亡母の織りたる黄の紬
栗喰《か》みつ母若かかりし日の話

濃山吹いつしか老いし里の友
裏門の風の径《みち》あり木槿《むくげ》咲く
軒深く舟吊る倉の梅雨じめり
庭深く玉解きそめし芭蕉見ゆ
蓬《よもぎ》もち記憶の母の髪ゆたか
郭公の遠く啼く朝亡母偲ふ
栗の花傾きかけし堆肥小屋
百日草やさしく育て亡母に供華
むくげ咲く生家の近く旧友《とも》の老ゆ
柿たわわ生家に残る古時計
白芙蓉母のつむぎし糸車
棕櫚咲けり父の写真の埴輪《はにわ》いろ

〈幼子を詠んだ句〉
冬日濃し嬰《やや》ほのぼのと五指かざす（昭和五十八年二月、名古屋にて。孫娘奈緒子が生まれた時）
背なの子に眠い刻《とき》来る青田風
緑陰の乳母車揺れ日の斑《は》ゆれ

駆ける子に緑陰の水豊かなり
揺り籠の嬰《こ》の高笑ひ夏兆《きざ》す
あどけなく昼寝童子《わらべ》の軽いびき
歩き初む孫の一足梅ひらく
ほろ蚊帳の嬰《やや》の眠りに風透けり
幼子の肩揚げいとし踊りの燈《ひ》

あとの句は、季節ごと、あるいは祭りなどの行事に合わせてまとめてみることにします。

合歓《ねむ》の花少女の前髪わかつ風
山鳩の重たき声に梅雨きざす
梅雨ごもり針穴さぐる青き糸
野の幸のさとより届くつゆ晴間
洗靴垣根に履かせ梅雨あけぬ
先急ぐ蝶々のあり花菖蒲
春惜しむ鳥語の森へ深く入り
ゆきずりの子らと手を振り春惜む

蒲公英《たんぽぽ》の絮《わた》の旅立つ昼ながし
古帽子目深にかぶり庭薄暑
大根引き土の匂ひをつれもどる
藤の雨朝の木椅子の肘湿り
雨蛙鳴いて古墳の昼深し
葭《よしきり》切や水のうた乗せ笹の舟
若やぎて鏡にうつす夏帽子
浴衣着て鏡いらずの帯むすび
子を叱る声つつぬけに青すだれ
古寺の南瓜《かぼちゃ》の花のほしいまま
雷雨去り産土神《うぶすながみ》の太鼓打つ
花火果て対岸の闇深まりぬ

日傘さし小さな蔭を持ち歩く

『あすか』俳句雑感選後評　名取思郷

極めて日本的な風景。この愛らしさこそ日本の情趣といえよう。「小さな蔭を持ち歩く」この歩幅は現代女性の闊歩の歩幅ではなく、つつましやかな小さな歩幅がふさわしい。それはともかく、この句は「小さな蔭」の把握が身上、詩的なモノに焦点を絞ったため成功した。

朝霧の流れる川面行々子
新涼や気の満つるまで髪を梳《と》く
寺涼し墨絵の襖《ふすま》古きまま
衰へし視力いとしむ合歓《ねむ》の花
水音の厨《くりや》あかるく金魚草
花了えし合歓《ねむ》が枝張る水の上
囲碁に更けくづさぬままの水羊羹
合歓の花杜《もり》は祭の燈であかし
札所寺まへだれ重ね梅雨地蔵
虫細る使ひなれたる黄楊《つげ》の櫛
草の背にしばし翅とづ秋の蝶
読み返す長き便りや秋の夜
文受けに軽き音する秋の昼
暮早し蓋《ふた》になじまぬ一夜漬
毛糸編む目をそらさずに生返事

柿むいて膝に溜まりし柿の冷え
霜の駅自販切符のほのぬくし
柚湯《ゆずゆ》して一人ひとりのやや長湯
雨に和す祭の笛のゆるやかに
休診日子等の縄跳び鳳仙花
虫すだく夜のしじまの祭笛
風船を逃がす秋日の店開き
棒にのる雲の綿菓子秋祭り
白菜の身のしまりゆく雨しづか
赤まんま紅深まりて山日和
息切れをなだめ佇《たたず》む鰯雲《いわしぐも》
顔洗ふ水にひそめる秋の色
山茶花の散りて思ひのあまたなり
喪の庭に面影白く茶の咲けり
遠き友その後は知らず石蕗の花
枯るる中泡立草の枯れしぶる
金木犀こぼれて空の青さかな

終り風呂肩までつかり秋深む
若き日の襟巻今も肩に映ゆ
山茶花を挿して一人の昼の膳
葉牡丹の渦のむらさき暮急ぐ
検温の指先やさし白芙蓉
椅子深く紫煙ゆらぎぬ秋の夜
秋の蝉俄《にはか》に日々をいとしめり
太き腕子を抱きかかへ梨をもぐ
南瓜《かぼちゃ》煮る鍋の底より黄昏るる
木犀の香そこなはず壺に活け
酒まんぢゆう湯気ほのぼのと冬隣
蜘蛛の糸引かれ夕映えの雲にのる
コスモスを栞《しをり》に閉ぢし新刊書
行楽をかねての墓参一家族
屋上に氏神祀《まつ》りちちろ鳴く（ちちろはこおろぎのこと）
秋の蝉昼静かなる子の寝顔
白菊や葬送の庭暮れ早し

漬物の桶ひたし置く冬隣り
落葉焚く使いぐせつく庭箒《にはばうき》
鵙《もず》なくや髪きりきりと梳《す》き上げる
秋燈下活字大きな辞書ひらく
明け易し牛乳びんの触れる音
起きぬけに鍬《くは》かつぎゆく露涼し
今日ひと日悔いなかりしか冷奴
大寒の眉目ひたむき仁王像
魚しめる塩きらきらと寒厨《かんくりや》
雪もよひ両掌にうける美濃茶碗
藪椿月夜かさねて紅ふかむ
ひと気なき路地の古物屋年暮るる
見送りて襟巻深くなほしけり
ゆりかもめたゆたふ流れ初日さす
初夢のさめて小窓のうす明り
寒の入り労《いたは》り合ひて受話器おく
獅子舞のたぎらす力祭笛

初みくじほのかな夢をかけて引く
庭石の影ふくらみて日脚伸ぶ
たまに来る物売りの人春の貌《かほ》
境内の溢るる日ざし梅咲けり
暗がりにたしかな力葱《ねぎ》芽吹く
嫁せし子の初の文来る梅二月
真昼間も燈せしままの雛の店
バス停の客ら和めり木々芽ぶき
春暁の耳のみ覚めて眠りつぐ
雨の日の折紙並ぶ春炬燵《ごたつ》
バスを待つ人のなごめる猫柳
ガラス拭くうしろ明るき梅一分
児と遊ぶ日差しまろやかな桜草
風邪に臥す粥の淡しや春の雪
春めきて垣根越なる立話
啓蟄《けいちつ》や工場の煙立ちそろひ
豆の蔓《つる》ささやき合ひて春を待つ

万歩計かがやくばかりの朝桜
花曇り彩《いろ》競ひ合ふ絵画展
病む人のただうつろなり遠桜
回廊に素足なじみて花の寺
筑波嶺の澄む日稀なり犬ふぐり（犬ふぐりは早春、淡紫色の花が咲くゴマノハグサ科の越年草）
若葉風ゆつくり木馬走り出す
緑陰のどちらともなく話しかけ
手のひらに落す乳液夏きざす
久々に浴衣縫ふ指藍に染む
紫陽花の風の重き通院路
建売の門扉の錆びて梅雨ふかむ
蛍飛ぶふるさとの川小さかり

〈退院してから死の一ヵ月くらい前まで詠んだ句〉
石垣の程よき高さすみれ咲く
青き踏む少女ゆたかに背伸びして
指切りの指やはらかし夕蛙

人声のひねもすありぬ新茶摘み
若柳に風のつながる幼稚園
体温の平熱となり薔薇を撰《と》る

〈絶句〉
まよひ来し蝶の親しき白日傘
栗咲くか低く漂ふ雨催ひ
若鶏の驚きやすし青葉風
紫陽花の雨の気配のして降らず
昭和六十一年六月

句会には死の一ヵ月くらい前まで出かけており、昭和六十一年度『あすか』八・九月号に掲載された句が母の最後の句となりました。

しかし母は、病状が次第に悪化してゆき、起き上がるのが困難な状態でも句作に取り組んでいました。病床の傍にコタツ用のテーブルを置き、思いついた折に起き上がってはノートや俳句の雑誌を広げ、老眼鏡をかけて座っていた母の姿が思い浮かびます。

なぜ、最後まであんなに句作に情熱を注がなければならなかったのでしょうか？　自分の死を察知していたから、少しでも生きている証を残しておきたいと思ったからかもしれません。文学好きの母の最後の姿としてふさわしかったように思えます。

追悼の句

母の死後の『あすか』十一月号（昭和六十一年度）には、俳句仲間の方々から母への追悼文が寄せられました。ご紹介させていただきます。

悼　立沢君子
法名　慈海妙蓮信女　享年六十七歳
昭和六十一年七月二十七日結腸癌にて逝去

（絶句）まよい来し蝶の親しき白日傘

立沢君子さんを悼む　立沢菊子

君子さんが昨年秋頃より体調を崩され、癌と宣告されたのは、今年の赤羽新年会の頃であった。葦の会には六月初旬まで出席され、あの優しいお気持ちその儘《まま》の句を作っておられた。闘病と句作に安らぎと生きる望みを託し、生あるうちに一つでも多く生きている証しを増やし続けようとされた。その姿を思い起こすと今でも胸にじーんと熱いものがこみあげて来る。御家族から『亡くなる寸前まで《あすか》を拡げていた』とお聞きした。俳句を学んだことが君子さんにとって最後の幸せな一時であったに違いない。

友逝きし庭に増えゆく蝉の穴　　菊子

今はただ葦の会一同御冥福をお祈りする。

追悼吟

君の手に片道切符秋立てり　　安田誠一
芙蓉散り句会にぽとり音のこす　　秋元きく江
舞ふ揚羽昇天の君いざなふや　　三瓶勇雄

母の絶句が刻まれた碑（三郷市常楽寺）

「まよい来し蝶の親しき白日傘」の句は、母の墓地の一角に句碑を建て、絶句として刻み込まれました。

第九章　平成の世になって

軽井沢にて。長女奈緒子（20歳）、長男俊太郎（17歳）（平成15年8月）

二世を誓った父

母が亡くなってから、今年で二十五年目になります。その間に時代は「昭和」から「平成」になりました。その「平成」も今年で二十三年になります。

母の死後二年半経った昭和六十四年一月七日に昭和天皇が崩御され、年号は「昭和」から「平成」に変わり、それから十一年後には西暦も二〇〇〇年代に突入し、世紀は二十世紀から二十一世紀になりました。今や世界は〝地球は一つ〟というグローバル化の波に洗われ、社会の情報は瞬時のうちにインターネットで全世界に伝わっていきます。「昭和」が計量型のアナログ時代とすると、「平成」いや二十一世紀はコンピューターによる数字表示型のデジタル化時代の到来と言えるでしょう。

携帯電話が急速に発達し、人々は街を歩いていても電車に乗っていてもそれを手にし、相手とのやり取りを行っています。本当に、母が生きていた昭和五十年・六十年代とは隔世の感があります。この二十五年間は特に世界が急激に変化を遂げた時代ではないでしょうか。この変化のめまぐるしい社会を、母は草葉の陰から目を丸くして眺めているかもしれません。

我が家でも、母が亡くなった時は三歳だった娘、奈緒子が、この二十五年間に小学校、中学、高校、大学、就職、結婚と人生の階段を一足飛びに駆け上がり、母が亡くなったその年に生まれた息子、俊太郎も今年で二十五歳になりました。まさに「光陰箭《や》の如し」（李益『遊子吟』）です。娘の出産の時にだいぶ苦労をかけた母には、娘の花嫁姿を見せてあげたかったのですが、それははるか叶わぬ夢となりました。今、母が健康で生きているとすれば九十二歳ですから、それは全く不可能な話ではなく、せめて成人式の振袖姿ぐらいは見せてあげたかったと思っています。けれど、これも叶わぬ夢でした。ですからせめてもと思い、墓参りに出かけ、娘の結婚の報告をしました。母はきっと心から喜んでくれたことでしょう。

一方、父は平成十七年五月一日に八十八歳でこの世を去りました。今年で没後六年になります。人生の伴侶があまりにも苛酷な癌との闘いの中で死んでいったことは、父にとって筆舌し難い悲しみであったと思いますし、死後の喪失感もかなり深いものがあったのでしょう。

そんな父は、母の死後、般若心経の勉強を始めました。書店に行って瀬戸内寂聴著の『寂聴 般若心経—生きるとは』（中央公論社）を始めとしてたくさんの仏教関係の本を買ってきて宗教の勉強を始めたのです。

「人生、無常」物事は全て変化をしてやむことはない、人の命もはかないものである。

「色即是空」色＝世の中の森羅万象、これは全て空虚で実体がないものである。

「空即是色」空＝実体がなく空虚なもの、すなわちこれが色＝現象界の物質的存在である。

という般若心経の教え。我々凡人にはなかなか理解し難い仏教理念です。父がこの思想をどのような形で自分の中に取り込んだかはわかりませんが、寂聴氏説くところの「生老病死」にはいたく感動したようで、「人は生まれて、老いて、病気になって、必ず死んでいく」という人生の無常は理解できたようです。

前にも述べましたが、父はもともとはプロの棋士を目指しておりましたが、能力的に限界を感じてか東京都職員としての公務員への道に身を転じました。しかし生涯、将棋への夢は捨て切れず、二足草鞋《わらじ》でアマチュアとしては最高位の六段の免状を日本将棋連盟よりいただき、数々のアマチュア将棋名人戦に出場しては優勝し、昭和五十五年には第四回全国老人将棋大会に埼玉県代表として出場して全国優勝を成し遂げ、内閣総理大臣杯を授与されるに至りました。そして、この時の体験を元にして『私の将棋』と題する本を自費出版しましたが、この頃から父の将棋道は究極的な哲学的悟りの域に達しました。

また、尺八を吹くことも好きで、そのかすれた音色は虚無僧の吹く寂しげな音色にも似て、どこか芸術的枯淡を感じさせせました。母が生きていた頃は二人してよく浦和の私の家に来ましたが、父は母が亡くなったあとも一人でよく遊びに来ていました。その時は必ずカバンに尺八を持参してきて、我が家に着くと廊下やコタツの中でよく吹いていました。それは「小諸馬子唄」や「秋田おばこ」「花笠音頭」などのような民謡でした。また、詩吟も好きでした。

ある時、吹き終わると、父はしみじみと次のように言いました。

「それにしても敏子には、ずいぶん結婚までに苦労させられたなあ。でもまあ、今こうして子供も二人できて幸せに暮らしているから、それでいいと思う。敏子にはな、そのうち、金をやろうと思ってるんだ」

「……金？」

その時は「金」というのがどういうことかわからなかったのですが、父の死後、金庫の中から遺言状が出てきて、その意味がわかりました。遺言状には、「敏子には、預貯金のうち、三百万はやること」と書かれていたのです。

「敏子に金を」と言った当時、父は前立腺肥大の手術を受け、体調があまり良くありませんでした。そんなことから、自分が亡くなった時に姉弟間に争いが起きないようにと、既に死の十年以上前から遺言状を用意していたのでしょう。短気で気性の激しいところのある父とは、大学受験や結婚、その他のことでずいぶんもめたこともありましたが、やはり親は親、子供のことをちゃんと考えてくれていたんだなと思い、胸にじーんと来るものがありました。

「お父さん、ごめんね、いろいろわがままを言って困らせて。これからはこの家庭をしっかり守っていくからね。本当に今までありがとう！」

私はそう心の中で叫びました。

父は前述のように平成五年の前立腺肥大の手術後の経過があまり芳しくなく、十年以上にわたって排尿障害に苦しみながら、ついに平成十七年五月に八十八歳で亡くなりました。今、父は墓の中で母と一緒に永久《とわ》の眠りについています。

それにしても、父はそんな病を抱えながらも、母の死後十九年間、なんとか生き抜いたのですから立派です。スポーツ以外のものは何でも多才な父は、母のように俳句も勉強していました。たくさんの俳句を作っては新聞に投稿し、何度も取り上げられました。ここに平成九年四月に詠んだ句があります。

我と妻　二世を誓い　春の風

「私はあの世に行っても、妻と再び夫婦の契りを結ぶことを誓っているのです。この春風の中で」という意味ですが、このように天国でも再び夫婦となることを誓うという気持ちが、夫婦の真の姿というものなのでしょう。母もきっと大きく頷いて喜んでいることと思います。

母の夢を果たす

この春の彼岸には、息子の俊太郎も連れて両親の墓を訪れたいと思っています。今年で二十五歳の俊太郎は、これがまた不思議と絵の才能が特に優れていて、高校二年の時に急に美大に行きたいと言い出し、自ら近くの美大の予備校に通って、現役で私立の美大に入りました。本当は芸大に入れたかったのですが、これはちょっと難関で不合格。私立の美大は難なく二つ受かったのに、やはり国立の芸大は別格のようです。技術試験の他にセンター試験があり、まずはそれに受かることが先決でしたが、たぶんこの試験の成績があまり良くなかったのでしょう、一次試験で落ちてしまいました。あくまでも芸大にこだわるなら、それ一本に絞り一年浪人して来年こそは合格させようと思う気持ちもあったのですが、それでも受かる保証はないので、芸大は諦めて武蔵野美術大学に行くことに決めました。

絵が好きで美術学校に行きたかった母と同じように、その孫が絵が得意というのも何かの縁かもしれません。母は親に反対されて行くことができませんでしたが、ならば息子には祖母が成し遂げられなかった夢を叶えさせてやろうと思い、私は美大に行かせることに決めたのです。人からは、「男の子なのによく美大なんかやるわね。将来、絵で食べていけるか不安じゃないの？」などと聞かれることもありましたが、親としては子供の「どうしてもやりたい」という希望を叶えさせてやることも大切なのではないかと思い、絵の道に進ませたのです。

確かに絵を描いて売るだけでは生活が成り立ちません。ですから、卒業を控えた頃には絵の技術を生かすゲームソフトやアニメーション制作の会社を受けさせたのですが、就職難の時代、どこも不合格となってしまいました。それでやむなくさらに二年間の勉強をさせるということで大学院に進ませ、ここでもまた大手のゲームソフト会社などを受けたのですが、小さなデザイン会社一つを除いて全滅。それも大学院は卒業制作優秀作品受賞者代表になったというのに何ということでしょう。

こうして全く希望を失くしていたところ、茨城県潮来市の中学から産休補助教員の一年間限度付きの求人があり、運良く採用されて落ち着き、一年間、中学校の教諭としての経験を積みました。その間に、次年度の就職に備えて東京都教職員採用試験を受けたら、幸いにも合格しましたので、現在はその最終決定の配属先を待っているところです。たぶん今年三月二十日のお彼岸の頃には、配属先は決まっているでしょう。

本人は高校の美術教師になって、その傍ら、思い切り好きな絵を描いて個展を開くのが夢だそうです。そんな夢が叶うよう、我が家の仏壇にお線香をあげ、毎日お祈りしています。

俊太郎の描く花の絵は、どれも生物の細密画のように細かく丁寧で、特にデッサン力に優れ、それを描いている様子は、母が花の絵を描いている時の何かに取り憑かれたような無心な姿とピタリと重なるところがあり、時々ハッとすることがあります。もしかしたら息子は母の生まれ変わりではないだろうか……と。そうです、きっと、この世に未練を残して亡くなっていった母の魂が息子に乗り移ったのでしょう。しかし、それは悪意に満ちたものではなく、自分が果たせなかった夢を孫に果たしてもらいたいという願いのようなものだと思います。

母は私の二度目の出産にはどちらかというと否定的で、「次は手伝いをできないよ」と言っていました。一度目の出産の時、母は東京と名古屋を新幹線で何度も往復して、その間に義父が脳出血で倒れたりとさんざんな思いをしているので、「もう手伝いはごめんだ」と思ったのでしょう。このことも母の病を悪化させる原因になっていたのですから。

実際、俊太郎の出産の時、今度は母自身が病で倒れてしまい、私の手伝いどころではなくなりました。逆に私が母の入院中の看病をしてあげなければいけないのに、出産と重なりそれができずに終わり、申し訳なかった気がします。しかし、そう言っていた母ですが、自分が入院中の昭和六十一年二月七日に俊太郎が生まれた時は、心から喜んでくれました。

母が退院後、私は三郷市の実家に生後二ヵ月の俊太郎を連れていきましたが、母は体調が非常に悪く、生まれて間もない赤ん坊を自分の手に抱くことはできませんでした。その一ヵ月後の五月には、俊太郎の初節句を祝いに父と共に浦和の我が家を訪れてくれましたが、無理を押してきたため、食後に急に具合が悪くなって帰っていき、これが本当に浦和に来る最後の機会になりました。その時、母は我が家の庭の池の前にしゃがんで、じっと水面を見つめていました。その思いつめた後ろ姿が今も印象強く残っています。「こんなにつらい体で、あと自分の命はどれくらい持つのだろう?」と考えていたのでしょうか?

ですから、母はこの時も孫を腕の中に抱くどころではなかったのでしょう。それと同時に自分の脇腹には傷があるので、とても赤ん坊を抱くことはできないと悟っていたのです。そんな訳で母は一度も俊太郎を自分の腕の中に抱いたことはないのですが、確かにその目で孫の顔は五、六回は見ています。そして、心から男子の孫の誕生を喜んでくれていたのです。

一方、俊太郎には祖母の顔を見た記憶はあろうはずがありません。生後四、五ヵ月ですから。母と俊太郎のこの世での接触期間はたった五ヵ月間くらい。本当に短かったです。しかし、母の絵の才能は確かに俊太郎に受け継がれたのです。そんなことで俊太郎は写真でしか祖母の顔を確かめることはできないのですが(これは私が母方の祖父の顔を知らないのと同じです)、祖母は自分のことを心から可愛がってくれ認めてくれて、絵の道に進んだことを本当に祝福してくれていると信じています。

早く息子の吉報を、母に知らせたいと思います。

母の句碑の前で

今日は平成二十三年三月二十二日、春のお彼岸の日です。後で述べますが今日は三月十一日に突然起きた巨大地震「東日本大震災」から十一日目に当たります。夫と私は父母のお墓のある三郷市の常楽寺（真言宗）を訪れました。今、この寺は本堂の建て替え工事中であと二年くらい後には、葬儀会館も備えた立派な寺として生まれ変わります。もちろん墓地はそのまま手つかずで保存されていますから、父母の墓は従来どおり安全に守られています。また、今回の地震により墓石が倒壊することもなく無事だったのは幸いでした。その墓の一角には、母の俳句が刻み込まれた石碑が建っています。

まよい来し蝶の親しき白日傘
昭和六十一年五月　絶句
君

この句は二十五年経った今も当時と同じように文字が鮮やかにくっきりと刻み込まれたままです。今後も百年、二百年、いやそれ以上の年月を経ても風雪に耐えじっと世の流れを見続けて行くことでしょう。そしてその句は訪れる人の心に、どこか物悲しくも温かく美しい感動を与え続けることでしょう。それは母が六十七年の生涯を生きた永遠の証となります。

思い返すと、母の一生は宿命的な「便秘症」との闘いでした。性格、その他の点ではこれといった欠点がないのに、これだけは避けられない病気でした。特に更年期が終わった五十五、六歳を過ぎた頃からがひどく、便秘薬が手放せない状態でした。この母の胃腸の病気は、胃癌で亡くなっていった祖父の影響が濃厚です。他の三人の兄姉達は何ら胃腸の障害がなく、九十歳近くあるいは九十歳以上まで長生きしたのは、胃腸が丈夫だった祖母の遺伝だと思います。私の母一人だけが祖父の血を受け継ぎ、最も年下なのに早死してしまい、貧乏くじを引いてしまいました。これとて「胃腸病は遺伝だし弱い体質だから」と諦めずに、便秘症が顕著に現れた頃にもっと早く積極的に都内の一流の大学病院で精密検査を行っていたら、深刻な癌を水際で食い止めることができたかもしれません。これも結果論ですが……。

ただ今では大腸癌の検診も一般的になり、肛門からカメラ付きのファイバースコープを入れてそこでポリープや初期の癌を見つけると、その場で焼き切って除去してしまうという比較的簡単な方法が取られるようになりました。しかし、今から二十五年ほど前は大腸癌の検診自体があまり普及していませんでしたので、大腸内の癌を見つけることもそう簡単なことではなかったのかもしれません。

いずれにしても、母の癌は相当深刻なところまで来ていました。たとえ、ファイバースコープで見つけたとしても、それは開腹手術以外に手段はなかったのでしょう。取り敢えずは腸閉塞や腸捻転から命を救うために、開腹し、腸を切断し、悪い所を切り取って、腹腔に穴を開け、そこから腸の断面を外に出し、そこを排出口とする「人工肛門」の設置。手術前に母は医師からどのような説明を受けたかわかりませんが、一夜明けて目が覚めてみたら、左脇腹の上部に得体の知れないピンク色の肉の塊があるのを見つけた！　この驚きとショックは大変なものだったと思います。その瞬間から母は運命の残酷さを知り、地獄に突き落とされていったのです。どんなに無念だったでしょうか？　口惜しかったでしょうか？　一体、誰が悪いのでしょう？　どこに罪があるのでしょう？　そして亡くなるまでの半年間は救いようがない程の地獄の責め苦に会いました。今は癌も以前ほど不治の病という認識が減り、患者の前で医師は癌を告知する傾向にもあり、患者もそれを聞き、ショックを受ける度合いも以前より少なくなっているのではないかと思います。しかし、母は自分が癌であることをたぶん知らずに亡くなっていったのだと思います。

野に咲く一輪の可憐な野菊、あるいは庭に咲くピンクの可憐な秋海棠の花に似て、心優しく真面目で誠実だった母の六十七年の生涯は、はかなくも散っていきました。改めてこの句碑の前で手を合わせます。

まよい来し蝶の親しき白日傘

東日本大震災

この頃、日本列島は三月に入って、東北地方の太平洋沿岸の海底で思わぬ地殻変動が起きていて、その巨大なエネルギーは爆発寸前の所に達していました。しかし、それには誰も気付いていませんでした。

平成二十三年三月十一日、午後二時四十六分、マグニチュード（M）九・〇の巨大地震が三陸沖で発生し、その直後、大津波が岩手、宮城、福島、茨城県の沿岸を襲い、三万人近くの人の命を呑み込み同時に周辺の住宅やビルをも根こそぎ押し倒し破壊していきました。また、その津波は福島県双葉町の原子力発電所をも襲い、原子炉内部で水素爆発が起こり、放射能が外に洩れ出すという深刻な被害を引き起こしました。関東大震災、阪神淡路大震災と共に歴史上に永遠に残る巨大地震となりました。

三陸沖は太平洋プレート（岩板）が陸地のプレートに入り組んでいるため、岩板がズレ易く過去にも巨大な津波地震が何度も起きています。古くは平安時代、西暦八六九年（貞観十一）の貞観大津波地震が仙台湾を襲い、付近の島々が多数、海底に沈んだという記録があり、また、江戸時代の一六一一年（慶長十六）に慶長三陸地震があり、一八九六年（明治二十九）の明治三陸地震はM八・五で津波の高さが三十八・二mに達し、二万二千人の死者が出て、一九三三年（昭和八）の昭和三陸地震もM八を超え津波による死者が三千人を超えました。その他にも一九三八年（昭和十三）福島県東方沖地震、一九七八年（昭和五十三）宮城県沖地震、一九九四年（平成六）三陸はるか沖地震などです。

当日、私は大宮の着付け教室にいました。先生が帯の締め方を教えていた時、突然、激しい揺れを感じて横揺れが一分以上続きました。その震度は五強だったと思います。その後も二度三度と激しい揺れが襲って来てそれが一分半以上も続いたでしょうか。揺れはますます激しくなる一方です。私達はビルの四階にいましたが、このままでは床が抜け、このビルも倒壊するのではないかという恐れがありましたので皆で階段を伝って外に出ました。下りた目の前の大宮区役所の前の道路には、大勢の人々が押し寄せていて皆、不安そうな顔をしていました。その間にも地面は地鳴りを立てながら、不気味に揺れ続け、今にも地割れが起きるのではないかという恐怖に捕らわれました。その断続的な大揺れは四時半頃まで、ずっと続いていたと思われます。実にこの不気味な揺れの間に三陸沿岸には巨大な津波が押し寄せていたのです。

首都圏では交通が全面的にストップし、携帯電話も全く繋らなくなり多くの帰宅難民が出ました。大宮駅に着くとバスを待つ人々の黒山の行列、普段では見られない光景に異常事態が起こっていることを痛感しました。まるでそれは戦争が起こったのではないかという感じさえしました。結局、私はバスを何台も見送って二、三時間後にやっと乗車することができ、普段なら電車で大宮、浦和間を五分で帰れる所を五時間くらいかけてやっと夜中の十二時近くに家にたどり着きました。

家に着いて部屋の中を見渡しますと家具類は全く倒れていませんでしたが、ピアノの上の小さな人形が床に転げ落ちていた他に、二階のアトリエに上ると本棚から母の俳句の雑誌「あすか」二十冊余りが、床に落ちていたのが不思議な光景でした。きっと母の魂がここに来ていたのかもしれません。また、翌朝、庭の大きな石の灯籠が倒れていたのが地震の大きさを物語っていました。

一方、息子の俊太郎はこの日、配属先の都立高校に必要書類を持って出かけていましたが、電車が全面的にストップしたので帰れずその高校で一夜を明かしました。配属された高校が思いがけずも都内でも有数の名門校でしたので私達は非常に喜んでいたところでしたが、突然の地震に不意打ちを喰わされました。しかし、翌日、彼は無事に家に帰ってきたので、安心しました。

この地震で津波が去った後の東北地方は死者が三万人近く、家を失った人々が十二万人以上と岩手、宮城、福島、茨城の六百キロに渡る沿岸地域はまるで戦場のようなガレキの山と化しました。被災を受けた方々の心の痛手は想像を絶するものがありますが、実際に被害を受けなかった私達日本人全体も同様に深いショックを受けました。いつもなら、水ぬるみ、桜の開花が待たれる春の佳き日の穏かな彼岸ですが、今年ばかりは重い悲しみに沈んだ彼岸となりました。今日は息子は茨城の潮来市に戻って最後の勤務に就いているので祖父母の墓に採用のうれしい報告をしに来られませんでしたが、私達がその代わりに知らせに来ました。聞く所によると潮来市もこの地震により、地盤にかなりの液状化現象が起き、家は傾き、電気・ガス・水道が完全にストップしたということです。しかし、息子のアパートは幸い、無事でした。

私達はいつものように近くの花屋で花を買い、墓前に花を手向け、お線香を上げ祈りました。この墓には母が亡くなってから、二十五年間欠かさず、春、秋の彼岸、夏のお盆にと年に二、三回は必ず訪れています。その度にいつも初めて訪れるような新鮮な気分になるのですが、今日ばかりは違います。まだ余震の不安はありますし、日本全体が地震のショックから抜け出せない状況の中にいます。私は再び祈ります。

「お母さん、何度も言っていますが、この三月十一日には東北地方で大きな地震がありました。津波で多くの方々が亡くなりました。今日で十一日目に当たります。ここで、その方々のご冥福をお祈りしたいと思います。私達も本当に恐い思いをしましたが何とか無事でした。自然の災害はいつ襲って来るか、わからないから怖いですね。このお墓も大分揺れたと思いますが、墓石も倒れず無事で良かったですね。私達も十分、気をつけて生きて行きたいと思います。今まで、本当にありがとうございました。色々迷惑をかけたかもしれないけれど、お陰で二人の子供達も立派な大人に成長しました。息子の俊太郎はあなたに似て絵が好きで高校の美術の先生になりました。本当に絵が好きなのはあなたにそっくりですね。今日、彼が来られなかったのは残念ですけれど、これから立派な絵の先生になれるようずっと見守ってやっていて下さい。娘の奈緒子は去年入籍して結婚し、この四月に結婚披露宴をやる予定だったのですが、この地震でそれができなくなりました。その代わり十月にやり直します。どうか十月の結婚式は無事にできますようお願い致します。私達も頑張ります。思い起こすと、本当にあなたは優しく控え目でいながら、どこか凛とした信念と気品がありました。娘として誇りに思います。しかし、病には勝てませんでしたね。あの亡くなるまでの苦しい半年間を私は一生、忘れません。それを心に深く刻んで私が生きている限りずっとここを訪れます。でも、あなたはもう天国でお父さんと二人だから寂しくないでしょう? お父さんも優しくしてくれているでしょうし。私達も二人の子供達に孫が生まれる迄、死なないで頑張ります。どうか見守っていて下さい」

この父母の墓の隣には、立沢本家の大きな墓が建っています。この墓は伯父の代で二十二代を数え、今から約三百年ほど前の享保年間から、墓石の記録があります。既に貞義伯父も平成十五年七月に九十五歳で他界し、その妻の伯母も平成十年九月に八十九歳で亡くなり、平成の世になって親戚、知人の多くが亡くなっていきました。父の次兄の秀三伯父も平成十六年八月、八十九歳で亡くなりました。母が慕ってやまなかった守谷市に住む長姉、下村たか様も平成十八年十一月に九十三歳で亡くなりました。この伯母は母のことを特に可愛がってくれ、「君ちゃんは頭がいいから」と、いつも褒めてくれていました。ありがたいことです。それから母の実家、海老原家十六代当主海老原秀行氏（私の従兄）も、平成十年八月に七十歳で亡くなりました。それからつい最近では、この秀行氏の母、海老原とみ様が平成二十三年五月五日に百三歳の天寿を全うされました。

人はどんなに長生きしたとしても、いずれ死んでいきます。けれどできることなら少しでも長生きしたいと願います。最後に改めて私達家族の健康と幸福を願うとともに、この「東日本大震災」で被災された方々の一日も早い復興とご幸福を願って終わりにしたいと思います。

あとがき

一度、出版した本をまた、二十三年振りに出すということは、大変、エネルギーが要ることです。一度は忘れかけていた過去の悲しみや苦しみがまた、蘇ってきて、生々しく、二十五年前の現実へと私を引き戻します。それにしても母が亡くなってからの二十五年間という歳月はあまりにも速く過ぎ去っていった気がします。娘が母親の癌の闘病記を書くということはどうしたものだろうか？　それは世間の恥さらしのようなものになり、母に恨まれはしないだろうか？　しかし、最後の命を賭けて病と闘った母を描くことは大変重く、意義のあることで、後世に残す価値のあるものではないだろうか？　との思いから、再び、以前出した私家本の編集に取り組んでいきました。

今回は文芸社様のご依頼により、闘病記を中心に筆を進めていただきたいということでしたので、母親本人の「生いたち」や「娘時代」「結婚」それに著者である私との「母娘関係」をも含めて「癌との闘い」に中心課題を持っていきました。と同時に「昭和」という時代を、このように生きた一人の女性がいたということも描きたかったのです。

書いているうちに「あれも書きたい、これも書きたい」という欲求が次々と出てきて予定のページ数を遥かに超えてしまったことも否めません。私はプロの作家でもなく、ごく普通の素人の物書きです。しかし、文章を書くのは大好きです。そんな素人の作家が全国の書店に並べられる本を書くのですから、これはもう一世一代の大事業です。読者の方々のことを考えますと、「これでいいのだろうか?」という自問自答が繰り返される毎日でした。しかし、私なりに可能な限り、努力を重ねて本を作り上げたつもりです。

同時に「本を書く」という機会を与えていただいたお陰で、私は多くのことを学ばせていただきました。人としていかに生きるべきか、人の命はいかに尊く重いものであるか、人はごく当たり前に生きているだけでもありがたい、広い意味で「愛」というものはいかなるものなのか、また「愛」がなければ本は書けない、そして本の著者というものは人の世の伝達者であり、預言者であり、大げさに言えば、支配者であるような責任の重さをも痛感しました。

私の母がもっと健康に恵まれていたのなら、あと二十年くらいは長生きしたでしょう。しかし、癌に浸された身では生きている時も死に行く時も苦しみからは容易に解放されませんでした。死後、初めて、その苦しみから解放されて自由になったのでしょうか? よく母は「死んで花実が咲くものか」と言っていました。しかし、その生来の稀有な特質、美意識を追求し続ける文学少女の心、芸術家魂は私が本にすることにより、初めて花が咲き、実を結んだ気がします。

そんな意味で、母が書いた「闘病日記」は母の最後の命の叫びであり、証でしたし、数々の俳句は温かく血の通った母の人間性そのものとして高く評価されて良いのではないでしょうか。それらを一冊の本にまとめて残したことにより、多くの人々の心に何らかの共感を得ることができますれば、私が夜を徹して書き続けた結果が価値のあるものになるのではないかと思います。そのようなことで、この本が、何らかの形で皆様のお役に立つものになることができれば、幸いに存じます。
最後になりましたが、この本を出版するに当たりまして、文芸社の皆様に、大変お世話になりましたことを深く感謝申し上げます。

平成二十三年　八月十日

久保　敏子

参考文献

『Q＆A　腸の病気全科』高野正博監修（篠原出版）
『癌の告知―ある臨床医の報告』大鐘稔彦（メヂカルフレンド社）
『たかが便秘されど便秘』坂元一久（農山漁村文化協会）
『家庭の医学』榊原仟・小林太刀夫監修（時事通信社）
月刊俳句雑誌『あすか』昭和五十六年～昭和六十一年十一月号（葦の会）
グラフNHK「風と雲と虹と」昭和五十一年一月号（財団法人NHKサービスセンター）
『平将門（上・中・下）』海音寺潮五郎（新潮文庫）
『日本故事物語』池田弥三郎（河出書房新社）
『無常』唐木順三（筑摩書房）
『日本の歴史人物ものがたり（上）』（旺文社）
『日本の歴史　第三巻　平安貴族』（読売新聞社）
『日本の歴史　第六巻　群雄の争い』（読売新聞社）
『日本の歴史　第七巻　天下統一』（読売新聞社）
『日本史辞典』高柳光寿・竹内理三編（角川書店）
『明野町史』（茨城県真壁郡明野町役場）

『桜ちゃんの呟き』吉田民蔵編
『旧約聖書』（日本聖書協会）
『讃美歌』（日本基督教団出版局）
『世界大百科事典』（平凡社）
『愛蔵版　石原裕次郎』（朝日新聞社）
『華宵のおしゃれ教室』弥生美術館　松本品《しな》子編（河出書房新社）
ハクビ京都きもの学院「きもの教本」基本編

著者プロフィール

久保 敏子（くぼ としこ）

埼玉県三郷市生まれ。主婦。一男一女の母。

東京都立白鴎高校（旧制府立第一高女）卒、東洋英和女学院短期大学英文科卒。

二科展入選経験あり。

「浦和市展」、「日本の自然を描く展」連続入選、美術団体「現創会」「秀彩会」会員。

1991年『花の詩画集』出版。

2008年　ドイツ・オーストリア旅行。

2010年　銀座にて「久保敏子個展」開催。

〈趣味〉油絵、クラシック音楽、ピアノ、着物。

秋海棠の花はうす紅《くれな》い　俳句を愛した母の思い出

2011年11月15日　初版第1刷発行

著　者　久保 敏子
発行者　瓜谷 綱延
発行所　株式会社文芸社
〒160-0022　東京都新宿区新宿1－10－1
電話　03-5369-3060（編集）
03-5369-2299（販売）

印刷所　株式会社フクイン

ISBN978-4-286-10480-5　JASRAC 出1110017－101